Kohana Kimura

TENDANÔ

AUTOEDITION

Couverture élaborée par Kohana Kimura

Crédits : texturex.com, dafont.com

© Kohana Kimura, 2016

ISBN : 979-10-96958-00-9

Remerciements

Je remercie en premier lieu mes bêtas-lecteurs qui ont apporté à Tendanô un éclairage nouveau. Chacun de vous a contribué à rendre ce récit meilleur. Merci à Floriane et Elena de m'avoir dit oui, de simples remarques qui m'aideront à rester dans le droit chemin.

Merci à Sophie et Chris pour leur œil avisé qui m'a permis de parfaire la cohérence de mon récit, de relever tous ces moments où je pensais avoir pris suffisamment de recul. Et surtout, de m'avoir rappelé que la voix de Tendanô n'était pas la mienne !

Je remercie aussi mes Secteuses préférées, Alice, Anna, Maly, Miro, Sarah, Zaha pour leur soutien indéfectible, pour les moments de rire mais aussi d'écoute. Merci aussi à Rémi, seul homme du groupe, qui, même s'il ne passe pas souvent, a toujours eu les bonnes interventions.

Merci à tous ceux qui me suivent sur les réseaux sociaux. Que ce soit au travers de vos « J'aime » et de vos commentaires, vous avez nourri mon envie de partager, alors que nous n'étions ou ne sommes souvent que des inconnus.

Merci à ceux qui me soutiennent dans l'ombre.

Merci à tous les auteurs indépendants qui ont ouvert la voie. Le partage de votre expérience est un cadeau précieux.

Enfin, merci à vous, chères lectrices et chers lecteurs, de vous être procurés mon roman. Je vous souhaite de passer un très bon moment en compagnie de Tendanô.

*Ce livre est dédié à tous ceux qui affrontent
les obstacles et les épreuves de la vie avec courage,
malgré les risques, malgré la peur, malgré l'horreur.*

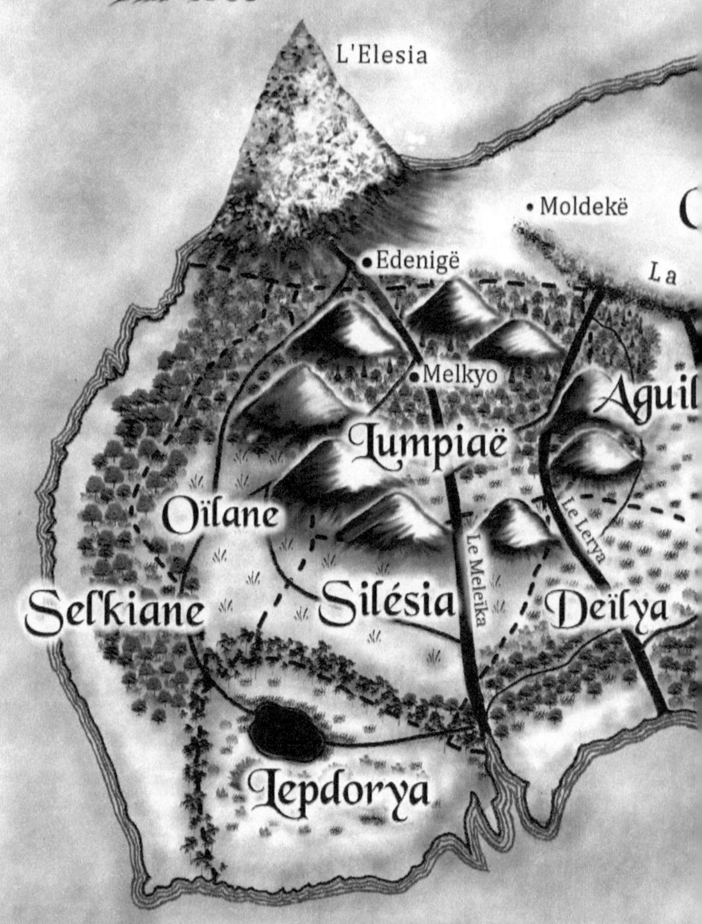

Eldalarya
An 4503
L'Elesia
Moldekë
Edenigë
La
Melkyo
Aguil
Lumpiaë
Le Lerya
Oïlane
Le Meleika
Selkiane
Silésia
Deïlya
Lepdorya

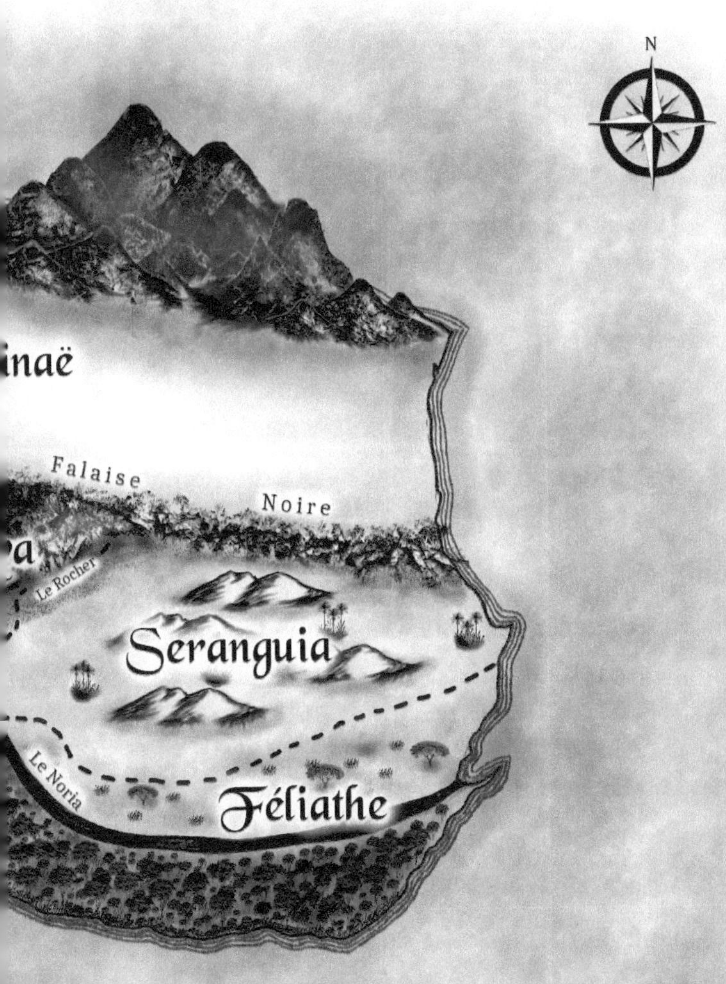

N
inaë
Falaise
Noire
Le Rocher
Seranguia
Le Noria
Féliathe

CALENDRIER

Certains d'entre vous seront peut-être intrigués par les indications de lieux et de temps qui apparaissent au début de certains chapitres. Si la carte vous aidera à repérer les différents lieux de l'action, j'ai décidé de vous détailler le fonctionnement du calendrier eldalarien.

Sur Eldalarya, une année dure trois cents jours et est divisée en dix mois de trente jours chacun. Le premier mois de l'année a été nommé en l'honneur des Anciens, les divinités fondatrices de ce monde. Les neufs mois suivants portent le nom de leur « enfants », les Dieux-Souverains ; vous croiserez la majorité de ces noms lors de votre lecture. L'ordre des mois n'est pas anodin puisqu'il correspond à l'ordre de « naissance », ou création, de ces Dieux-Souverains par les Anciens.

Primadë : le mois des Anciens (ou Premiers)

Kerakmadë : le mois de Kerak

Merakmadë : le mois de Merakos

Leydamadë : le mois de Leydane

Soramadë : le mois de Soras

Clayssamadë : le mois de Clayssane

Jorgasmadë : le mois de Jorgas

Shenramadë : le mois de Shenra

Festakmadë ; le mois de Festak

Leyonmadë : le mois de Leyona

PROLOGUE

« *Ce jour demeurera gravé en moi à jamais. Il restera ancré dans le cœur de chaque être vivant de ce monde. Et même si notre mémoire vient à faire défaut aux générations futures, les pierres elles-mêmes garderont ce souvenir incrusté, témoignage de la puissance d'Eldalarya.*

Parce que je le vécus, je ne puis concevoir d'oublier ce moment où nous nous immobilisâmes. Je me promenais dans la rue, occupé à savourer l'odeur des épices, la caresse de la lumière éclatante sur ma peau. L'air autour de nous commença à vibrer.

Un instant s'écoula. Je me figeai de peur. Je me souviens du tremblement des bâtisses, de l'effondrement des étals. Au loin, là, dans notre cher désert, le sable des dunes se mouvait, donnait tout son sens au concept de la vie ; je craignis, l'espace d'une seconde, qu'il nous engloutît. Je nous vois, femmes, hommes, enfants, vieillards et animaux, lever les yeux en direction du nord-est.

Le ciel bleu se teinta d'une luminosité étrange, un rouge terne étouffé de gris et de noir. Mon cœur s'accéléra, ma peur de mourir s'intensifia. Sans les regarder, je sus l'apparence des visages de chacun. Similaires au mien. Inondés de larmes.

Et je sentis le mouvement inattendu d'une flamme à côté de moi. Je n'osai me détourner du spectacle céleste, mais je l'entendis. Oui, pour la première fois de mon existence, j'entendis le feu pleurer. Pleurer alors que cela aurait dû être impossible. Et le chagrin de sa voix intensifia ma propre souffrance. Je me souviendrai à jamais de sa complainte.

— Larmes. Sang. Douleurs. Oh, tant de larmes qui périssent avant même d'être nées, tant de vies qui ne se sentent pas mourir. Je ne veux plus voir ça, je ne veux plus, je ne veux plus, je ne

veux plus ! C'était chez moi : ça ne l'est plus, à présent. Tuez-moi, noyez-moi, mais ne me renvoyez pas là-bas ! »

Chroniques séraniennes, An 4003, quatrième jour de Leydamadë.
Témoignage écrit de l'auteur juste après la Grande Catastrophe.

CHAPITRE 1

Orsinaë, An 4503, trentième jour de Merakmadë.

Une bourrasque froide fouetta son visage. D'un geste, il dégagea une longue mèche brune de ses yeux. Les deux chevaux trottaient avec prudence, imprégnés de l'anxiété de leurs cavaliers. L'écoulement de l'eau et la couche de neige atténuaient le martèlement de leurs sabots. Seul le bruissement des feuilles en provenance de la forêt voisine leur faisait concurrence.

Tendanô inspira profondément. L'air ambiant, saturé par une odeur de résine, ne le calma pas. Depuis leur départ, une semaine plus tôt, une tension tenace nouait ses entrailles.

Il aurait aimé aller plus vite. L'échange des montures dans une ville frontalière, quelques jours auparavant, leur avait permis de conserver une bonne allure, sans épuiser les bêtes. Mais son instinct le pressait. Le souvenir de quelques mots inscrits en noir sur du parchemin refusait de s'effacer.

Viens au plus vite, j'ai besoin de toi. Esdenorg.

Le roi ornésien n'appelait pas au secours. Il s'acharnait, se trompait, recommençait en véritable tête de mule qu'il était. Seul l'épuisement de toutes les possibilités le poussait à demander de l'aide.

Tendanô appréhendait cette rencontre pour cette raison. Une question résonnait dans son esprit.

Que se passait-il ?

Un cheval renâcla. Sorti de sa torpeur, l'homme jeta un coup d'œil à son compagnon de voyage, à sa droite. Une barbe naissante accentuait les mâchoires serrées de Daikeno. Ce dernier réajustait son manteau en peau de renne, le regard concentré sur l'obscurité de la forêt.

Depuis plusieurs heures, il n'avait pas prononcé un mot. Ses traits trahissaient son inquiétude.

Un nouveau souffle charria quelques gouttelettes glacées, lesquelles se déposèrent sur les cheveux châtains mi-longs et ondulés de son ami. Tendanô s'arracha à ses pensées troubles pour contempler le paysage. Sur leur gauche, le Meleïka coulait à un rythme paisible. À leur départ de Melkyo, la capitale de Lumpiaë, ils avaient longé sa rive. Des siècles de passages avaient tracé une route rapide et sûre.

Les eaux poissonneuses représentaient une source importante de nourriture et de revenus pour les riverains. De nombreux pêcheurs leur avaient ainsi offert l'hospitalité et ils en avaient accepté certaines. La joie de leurs hôtes s'était accrue lorsqu'ils avaient découvert leur identité. Ce n'était pas tous les jours que l'on recevait Tendanô, le roi en personne, accompagné de son chef des Combattants.

De ce côté de la frontière, en Orsinaë, pays situé au nord du leur, les portes demeuraient fermées.

Aucun caprice du temps ne poussait les habitants à se cloîtrer. Grâce au Meleïka, ils bénéficiaient d'une large ouverture sur le ciel. La lumière, diffusée par les particules d'air en suspension, se montrait la plus éclatante aux premières heures. À mesure que la journée avancerait, la luminosité diminuerait.

Ce n'était pas pour rien que les deux hommes avaient fait en sorte d'approcher de leur objectif à cette heure-ci.

La voûte céleste était claire. Pas un seul nuage en vue. Pas de tempête de neige en approche. Le moindre écueil sur la route serait détecté de loin. Rien n'expliquait cette attitude étrange.

Daikeno sondait les sylves pour cette raison. À l'instar du monarque, il sentait cette atmosphère lourde. Les abords du fleuve ne révélaient aucune menace. Si danger il y avait, celui-ci se dissimulait peut-être sous le couvert des chênes, des hêtres et des pins, là où la lumière ne filtrait pas.

Mais quel danger ?

Tendanô était reconnaissant envers son meilleur ami d'avoir insisté pour l'accompagner. Sa décision de partir n'avait pas plu à ce dernier. Mais Daikeno savait qu'en plus d'un sens aigu de l'amitié, le roi devait respecter l'alliance qui unissait Orsinaë et Lumpiaë.

Tendanô leva les yeux. À l'est, à plusieurs centaines de kilomètres de là, la forêt prenait de l'altitude, s'élevait sans cesse. Elle formait une masse imposante dans le paysage, prête à fondre sur eux. En réalité, les arbres suivaient la courbe de l'un des versants de l'Elesia, la Montagne Sacrée.

Sa vue emplissait toujours le cœur d'angoisse. Les estomacs se nouaient. On la regardait, mais sans s'y attarder. Comment oublier que les Anciens étaient nés ici même quelques millénaires plus tôt et avec eux, tout ce qui existait sur Eldalarya ?

Seule la base de la montagne, qui s'étendait sur des centaines de kilomètres carrés, se dévoilait. D'épais nuages blancs dissimulaient la partie supérieure. Les manuscrits parlaient d'une altitude proche des quinze mille mètres. Les quelques personnes à avoir tenté l'ascension et à être revenues gardaient pour elles ce qu'elles avaient vu. *In fine*, la plupart se retiraient du monde sans que l'on sache pourquoi.

Un regard devant lui lui confirma que l'espace s'ouvrait. Une immense zone dépourvue d'arbres s'offrit à leur vue. La route s'écartait de la rive pour s'enfoncer dans les terres. Quelques silhouettes d'édifices dispersés apparurent. La nostalgie gagna Tendanô. Un sourire discret naquit sur ses lèvres lorsqu'il reconnut ces demeures si particulières.

Il avait vécu dans l'une d'elles pendant quelque temps.

Une dizaine d'années auparavant, il avait entrepris de se rendre en Orsinaë pour parfaire son entraînement de Combattant. Esdenorg l'avait hébergé. Il s'était toujours senti redevable envers lui.

La spécificité de ces maisons ne se trouvait pas dans leur architecture, somme toute assez banale : une structure construite en pierre, composée d'une pièce où l'occupant mangeait, dormait et travaillait ; la forge, la tannerie ou la pêche, selon les cas.

Une seule catégorie de la population occupait ses habitations isolées : les jeunes hommes célibataires de plus de quinze ans. Arrivés à cet âge, les garçons devaient quitter leur famille.

Ils appliquaient l'apprentissage reçu durant l'enfance : ériger de leurs mains leur nouveau lieu de vie, se débrouiller au milieu d'une nature hostile. Ils pouvaient se rendre au village ou dans la ville pour échanger ou vendre le fruit de leur travail. Et trouver une jeune femme à épouser qui les considérerait comme assez dignes d'elle. C'est seulement après cela qu'ils pouvaient quitter leur isolement.

Chez les Lumiens, pour qui la solidarité familiale importait, ce mode de fonctionnement apparaissait comme barbare. Tendanô lui-même avait été choqué à son arrivée. En retour, Esdenorg avait éclaté de rire. Il avait souligné qu'en quittant son pays seul à vingt ans, il avait plus ou moins fait pareil. S'isoler pour évoluer.

Le roi lumien gardait d'excellents souvenirs de cette époque.

La présence de ces maisons ne signifiait qu'une chose : ils approchaient enfin de leur destination finale. Ils passèrent à côté de l'une des bâtisses. Au travers de la petite fenêtre, Tendanô vit une ombre se mouvoir, mais personne ne sortit pour les saluer.

Ils poursuivirent leur chemin. La vue dégagée n'avait pas diminué leur stress ; Daikeno ne parlait toujours pas.

Au loin, une forme floue se dessina, semblable à un dôme. Des lueurs dansaient, minuscules et opaques. Tendanô reconnut le rougeoiement des nombreuses forges qui encerclaient la ville. Les émanations de fumées expliquaient ce contour sphérique et brumeux.

Ils devraient progresser encore un bon moment pour enfin passer le voile qui entourait Edenigë, la capitale d'Orsinaë.

La route demeurait déserte, même ici, à proximité de la grande cité. Une vingtaine de minutes s'écoulèrent avant qu'ils n'aperçussent deux petites formes se déplacer dans l'horizon.

Ils avançaient toujours au trot, sans raison de ralentir. Tendanô distingua plus nettement les deux personnes. Ces dernières, emmitouflées dans des manteaux de fourrure, cheminaient dans la neige, un panier en osier sur le dos et une demi-douzaine de cannes à pêche dans les mains.

L'homme et la femme les remarquèrent à leur tour. Au grand étonnement du roi, ils se figèrent. Leurs traits se tordirent en une expression de peur. Tendanô jeta un regard à son ami, lequel lui répondit par un froncement des sourcils.

Ils gardèrent leur allure. Un ralentissement aurait sans doute accentué cette panique. L'attitude du couple changea lorsque les deux voyageurs se trouvèrent à une cinquantaine de mètres d'eux. Ces derniers passèrent à côté et leur adressèrent un salut de la tête.

L'homme et la femme ne le leur rendirent pas, trop occupés à se réconforter l'un l'autre.

— Je n'ai jamais eu si peur de ma vie, confia la jeune femme.

— Moi aussi, répondit son compagnon. Heureusement que les yeux des Lumiens sont reconnaissables.

— C'est ce qui m'a rassurée. De beaux yeux d'ailleurs. Ils avaient presque les mêmes. Des pupilles auréolées d'un superbe vert qui se fond dans un magnifique bleu dans tout le reste de l'iris.

— Bah ! Ça va, tu t'es vite remise à ce que je vois.

— Ne commence pas.

Les deux cavaliers n'entendirent pas la fin de la conversation. Tendanô continuait de se questionner sur leur crainte vive. Ils auraient pu s'arrêter pour les interroger, mais cela n'avait pas d'intérêt. Ils obtiendraient bientôt toutes les réponses attendues.

La réaction suscitée plus tôt se retrouva chez d'autres habitants, plus nombreux à l'approche de la ville. Les forgerons stoppaient leur travail pour les observer et le reprenaient dès qu'ils avaient identifié les nouveaux venus.

Les contours de la cité se précisèrent à mesure qu'ils progressaient dans le brouillard créé par la rencontre des fournaises et du froid.

Edenigë impressionnait par sa linéarité.

Des milliers de maisons de pierres au toit plat se dressaient, serrées les unes aux autres. Toutes avaient été érigées de plain-pied. De rares bâtiments, dans le centre, possédaient un étage en plus ; ils étaient attendus dans le seul qui en comptait deux.

Sa forme rectangulaire s'élevait au-dessus des autres, impérieuse. Tendanô n'était venu qu'une fois à Edenigë – mieux valait taire le fait qu'Esdenorg hébergeait quelqu'un – et n'avait pas eu l'occasion de la visiter.

Ils s'approchèrent de l'entrée de la ville, ralentirent leurs chevaux. La rumeur de leur arrivée se propageait plus vite que le trot de leurs montures. De nombreux curieux levaient la tête, devisaient à voix basse.

Tendanô prêta peu d'attention à leurs échanges. Il se focalisa sur les ombres qui se tenaient de chaque côté de la route. Deux sculptures, posées sur des piédestaux, les accueillaient, telles des gardiennes de la cité.

Elles représentaient toutes deux un ours à taille réelle sur ses quatre pattes. Les animaux paraissaient les fixer. Des gemmes précieuses symbolisaient leurs yeux vairons : une topaze bleu clair pour le droit et un quartz fumé pour le gauche.

Le travail du corps était incroyable. Le ou les artistes ne s'étaient pas contentés d'associer du bois de chêne à de la pierre. De loin, les deux matériaux semblaient n'en former qu'un. Le blanc du bout de la gueule et des pattes – le roi lumien ne savait pas de quelle roche il provenait – se fondait à la perfection avec le marron du reste de l'anatomie. Les détails de la fourrure accentuaient le réalisme des créatures.

Un en particulier donnait une impression de vie aux sculptures.

Avec une infinie patience, de minuscules diamants avaient été incrustés à l'extrémité de chaque représentation de poils. Les pierres renvoyaient une multitude d'éclats.

Ces prédateurs inanimés constituaient le seul luxe que les Ornésiens appréciaient. Ces œuvres ne figuraient pas des ours ordinaires. Ils incarnaient Jorgas l'Ours, celui des neuf Dieux-Souverains d'Eldalarya que les Ornésiens vénéraient.

Celui-là même qui, après une énième montée de colère contre son frère Merakos le Dragon, avait frappé le sol et créé les Terres Glacées Éternelles, région glaciale qui occupait toute la moitié est du pays. Tendanô savait que des idoles de petite taille ornaient aussi les maisons.

La foule commençait à se rassembler sur la voie principale. Atteindre le centre de la ville leur prendrait un peu de temps.

Daikeno invita son ami à le devancer d'un signe de tête. Tendanô engagea sa monture nerveuse au milieu des curieux. La plupart semblaient ne pas comprendre qu'un cheval était un être solide, qu'il ne pouvait pas les traverser et qu'ils devaient donc s'écarter.

Quelques protestations se firent entendre. Les badauds reculaient sur leur passage et piétinaient les marchandises étalées sur le sol, devant l'entrée même des maisons. Tendanô pesta contre lui-même en silence. Arriver à Edenigë au milieu de la matinée, quand la luminosité était encore vive, paraissait une bonne idée, sur le moment.

Il n'avait pas pensé que c'était aussi l'heure idéale pour le commerce, lequel se déroulait dans une rue à peine assez large pour faire passer deux hommes de forte stature comme celle possédée par les Ornésiens.

Il tapota l'encolure de son cheval, lequel s'agitait devant cet attroupement. Les odeurs qui régnaient n'aidaient pas : un mélange de poissons séchés, de fourrures et de vêtements de peau dont certains provenaient de prédateurs.

— Allons, allons, Messieurs, Mesdames, laissez passer Tendanô, le roi de Lumpiaë.

Le monarque roula des yeux et se retourna vers son ami. Daikeno haussa les épaules, comme s'il ne voyait rien d'étrange à annoncer sa venue à voix haute. Les gens s'approchaient davantage. Chaque pas donna lieu à un arrêt de quelques secondes. Cumulées, elles leur firent prendre plusieurs minutes de retard.

Tendanô commençait à étouffer. Il ne souffrait pas de claustrophobie, mais son coupe-vent lui donnait chaud. Il comprenait pourquoi les habitants de la ville n'en portaient pas. La concentration des maisons, des corps, augmentait la température ambiante. Il aperçut quelques ombres furtives, enveloppées dans des capes noires, s'engouffrer dans les ruelles adjacentes. Il les aurait bien imitées pour échapper à cette oppression.

Il emplit ses poumons, à la recherche d'un air plus pur. Ses sens tiquèrent. Une fragrance étrange flottait. Il regarda autour de lui en quête de son origine. Plus ils s'approchaient du centre et du grand bâtiment, plus celle-ci s'imposait à son odorat puissant.

Il résista à l'envie de presser son cheval. Des enfants couraient devant lui. Il devait prendre son mal en patience. Daikeno continuait d'invectiver les gens. De longues minutes s'écoulèrent avant qu'il n'aperçût un élargissement de la rue. Ils avaient enfin atteint la place centrale.

La cinquantaine de mètres de diamètre libérait un peu d'espace pour circuler, bien que l'endroit fût vite rempli de spectateurs.

Le roi lumien remarqua l'homme aux longs cheveux châtains en attente devant la lourde porte en chêne du bâtiment. Une mine sombre, des traits tirés, remplaçaient la bonne humeur habituelle d'Esdenorg. Un sourire discret apparut sous la barbe fournie de l'ornésien. Il ne le retrouvait pas dans ses yeux noisette. À l'instar de ses congénères, il possédait une forte carrure, même pour Tendanô et Daikeno qui mesuraient un bon mètre quatre-vingt. D'une nature simple, le monarque d'Orsinaë portait des vêtements faits de peau de phoque pour les bottes et le pantalon et d'une chemise de lin beige, cintrée à la taille par une ceinture en cuir.

Une femme aux longs cheveux blonds s'accrochait à son bras. Tendanô reconnut la symbolique de la tenue de cette dernière. La tunique de laine écrue et la ceinture de coton rouge montraient qu'elle était la Grande Prêtresse, le plus haut rang dans la hiérarchie religieuse du pays. Une position indépendante de son statut de reine.

La vision de ce couple soudé rappela des souvenirs à Tendanô. À l'époque, Esdenorg avait croisé la jeune femme alors qu'il se trouvait en ville. Pendant des jours, il avait parlé d'elle, craint de l'aborder et de se faire éconduire. Être le prince héritier n'influençait pas le cœur des Ornésiennes. Surtout celui d'une demoiselle destinée à occuper une place de la même importance que celle d'un roi.

Les deux nouveaux venus posèrent pied à terre. Au moment de s'avancer vers leurs hôtes, Daikeno retint son compagnon par le bras.

— Tendanô.

— Oui, je sais.

Lui aussi avait repéré cette odeur. Celle de la mort. Celle de cadavres humains.

Esdenorg approcha. Les deux chefs échangèrent une étreinte fraternelle.

— Tendanô, mon ami, dit l'ornésien d'une voix lasse et faible. Tu ne peux pas savoir combien je suis heureux de te voir. Je suis désolé d'avoir ainsi bousculé tes habitudes.

— Je suis venu dès que j'ai reçu ton message. Mon épouse et des conseillers de confiance se chargent des affaires du pays.

— Je ne doute pas de l'efficacité de l'organisation lumienne. Mais devoir t'éloigner de ta famille n'a pas dû être facile. Tes filles sont jeunes.

Le lumien avait essayé de ne pas y penser durant le trajet. Il serra les dents et chassa de son esprit le mal du pays.

Tout en parlant, les deux souverains s'étaient approchés d'Ingilad. Tendanô baisa la main de cette dernière. L'expression triste de ses yeux bleus s'accordait avec celle de son mari. Elle accompagna leur arrivée d'une bénédiction.

— Sois le bienvenu en Orsinaë, Tendanô, roi de Lumpiaë, protégé de Leydane. Sache qu'en ce lieu, toi et ton compagnon de route êtes aussi sous la protection de Jorgas.

— Merci à toi, Grande Prêtresse. Voici Daikeno, mon chef des Combattants. Mais mon instinct me souffle que vous avez encore plus besoin que nous de protection.

Esdenorg l'observa, l'air grave.

— Vous avez fait un long voyage. Peut-être voudriez-vous vous reposer avant que l'on passe aux choses sérieuses ?

Tendanô le fixa sans rien dire. Le souverain ornésien soupira.

— Très bien. Venez.

CHAPITRE 2

Ils laissèrent leurs chevaux aux bons soins des hommes du roi. Ce dernier s'attarda sur la foule. Il fixa les gens de longues secondes, jusqu'à ce qu'ils se décidassent à retourner à leurs occupations.

Contre toute attente, Esdenorg et Ingilad ne les menèrent pas à l'intérieur de la grande bâtisse, laquelle abritait en réalité tout le quartier administratif de la ville, dont le bureau royal. Ils longèrent le côté droit. La construction couvrait une surface équivalant celle de quatre maisons simples.

Tendanô avait la certitude que l'odeur que lui et son meilleur ami avaient repérée venait de cet endroit. Pourtant, le couple les emmenait ailleurs. Une autre entrée ? Le lumien se tourna vers

Daikeno. Une moue de ce dernier lui fit comprendre qu'il se questionnait également.

Un bâtiment moins haut mais tout aussi étendu se trouvait derrière le premier. Une émanation plus subtile lui chatouilla les narines. Il reconnaissait là une maison de guérisseurs.

Esdenorg ouvrit la porte. Un fort effluve d'herbes médicinales saturait l'air ambiant. Le plafond sombre changeait d'aspect sous le mouvement des volutes blanchâtres. Le monarque lumien entendit des râles, des complaintes.

Une vingtaine de lits occupaient l'espace. Tous étaient utilisés. Tendanô comprit que ce n'étaient pas des malades ordinaires. Où qu'il posât son regard, il ne vit que des personnes couvertes de bandages. Certaines avaient les yeux dans le vague.

D'autres étaient défigurées par la peur. Quand elles n'étaient pas défigurées tout court. La gravité des blessures était telle que d'autres ne pouvaient de toute évidence pas bouger de leur couche.

Que leur est-il arrivé ?

Des gens se déplaçaient entre les patients. Ils portaient des tenues aussi longues que celle d'Ingilad, bien que plus couvrantes et fabriquées dans un tissu plus épais qu'il n'identifia pas.

Des guérisseurs.

Ils dissimulaient mal l'inquiétude de leurs regards bruns ou bleus. Leurs mains tremblaient d'hésitation. Ils devaient craindre d'aggraver les lésions.

Encore sous le choc de cette vision, Tendanô les regarda changer les pansements. Les plaies étaient atroces. Il en avait déjà vu des similaires, mais en beaucoup moins graves. Des brûlures. L'importance de ces dernières chez ces pauvres gens bouleversa le monarque lumien. Elles recouvraient de larges portions du corps.

Près de lui, les pleurs d'un nourrisson, dans les bras de sa mère, lui retournèrent le cœur. Tout le côté gauche du visage du bébé était à vif. Il s'accroupit avec douceur. Son regard croisa celui larmoyant de la jeune femme, elle aussi blessée. Il posa une main sur son épaule, l'autre sur le ventre de l'enfant. Ses yeux piquèrent. Sa gorge se serra.

Il se releva, se tourna vers son homologue, attendant une explication.

— Nous sommes attaqués, expliqua Esdenorg. Des centaines de villages ont été détruits. Des milliers d'ornésiens ont succombé. Une vraie boucherie, d'après les constatations faites sur place.

Sous le choc, Tendanô ne put prononcer un seul mot.

— Nous ignorons qui a fait cela, éluda l'ornésien.

Avant qu'il ne pût demander quoi que ce soit, Tendanô perçut du mouvement. Un homme s'approchait d'eux. Ses cheveux et sa barbe châtains arrivaient à hauteur d'épaule. Il portait des gants cloutés ; les Ornésiens ne les enfilaient que lorsqu'ils devaient combattre. En dépit de l'obscurité, le lumien distingua ses iris noisette qui ressortaient de ses yeux rougis.

— Sire Esdenorg, Reine Ingilad, murmura l'inconnu.

— Tendanô, Daikeno, je vous présente Tergand, l'un de mes conseillers. Depuis le début de cette affaire, il se charge de la coordination des soins et de l'accueil des survivants. Il s'occupe également de recueillir les témoignages.

L'homme les salua avec respect. Au moment où il s'apprêtait à parler, un hurlement troubla le calme de la maison.

Dans le fond, quelqu'un faisait de grands gestes. Ses bras étaient couverts de bandages. Les guérisseurs à proximité se précipitèrent à son chevet afin de le maitriser.

Inquiet, le petit groupe s'approcha. Ingilad et Esdenorg adressèrent quelques paroles réconfortantes aux blessés paniqués. Quelqu'un fit boire un breuvage à l'individu. Il fallut quelques minutes pour que celui-ci se calmât. Le cœur de Tendanô battit plus vite. Il se sentait impuissant à pouvoir lui venir en aide. À pouvoir *leur* venir en aide.

— Yanski, l'un des derniers arrivés, expliqua Tergand. Il est originaire d'un petit village de mineurs situé dans la région des Terres Glacées Éternelles. Il a fait un nouveau cauchemar.

Le conseiller s'approcha du lit. Il échangea quelques mots avec une jeune guérisseuse. Le dénommé Yanski s'agita encore un peu sur son matelas. Tergand s'agenouilla auprès de l'individu, un homme aussi châtain que lui, aux cheveux et à la barbe plus courts. Il posa sa main sur son front.

Le blessé entrouvrit les yeux. L'expression de son visage faisait froid dans le dos. Tendanô y lut tour à tour de la souffrance, de la tristesse et de la terreur.

Des cloques parsemaient son cou. L'homme tenta de parler. Il abaissa ses paupières. Laissa échapper un sanglot.

— Calme-toi, mon ami, chuchota Tergand.

Le conseiller se leva et revint vers eux.

— J'attendais qu'il se réveille pour recueillir son témoignage. Il est un peu amorphe et risque de délirer à cause du choc et de la décoction qu'on lui a administrée.

— Ne peux-tu pas attendre ? demanda la reine.

— Je pourrais, Grande Prêtresse, mais cela peut prendre des semaines avant qu'il s'en remette. Si tant est qu'il s'en remette.

— Nous nous retirons, dans ce cas, annonça Esdenorg. Je compte sur toi pour me faire ton rapport.

— Non.

Les regards convergèrent vers Tendanô.

— J'aimerais entendre ce qu'il a à dire.

J'ai besoin d'entendre. De croire.

Le lumien ne réalisait pas. Son esprit flottait, comme en plein cauchemar, parasité par le déni. Tout cela ne paraissait pas réel.

— Je comprendrais toutefois si tu souhaites que l'on parte, précisa-t-il.

— Restons, concéda le roi ornésien. Nous sommes là. Nous pouvons faire face aux mots de ceux qui ont fait face à l'horreur.

Alors que Tergand retournait près du blessé, Daikeno lui retint le bras.

— Puis-je ?

Le conseiller pinça ses lèvres et se tourna vers Esdenorg. Celui-ci réfléchit. À ses côtés, Tendanô se garda d'intervenir.

— Tu as déjà fait beaucoup, souligna la reine. Ça ne peut pas te faire de mal de déléguer de temps à autre.

Tergand consentit et laissa passer Daikeno. Ce dernier s'accroupit auprès de Yanski.

— Je me nomme Daikeno. Je viens de Lumpiaë et j'accompagne le roi Tendanô. Nous sommes là pour vous aider. Accepterais-tu de nous raconter ce qu'il t'est arrivé ?

Le blessé acquiesça. Faible, il ne pouvait s'exprimer que par bribes de mots.

Très tendu, le souverain lumien s'obligea à garder son calme face à ses déclarations. La description complète que l'homme faisait de ce qu'il avait vécu lui nouait l'estomac. Il ressentit une colère profonde naitre à l'égard de ceux qui avaient commis ces atrocités.

L'ornésien expliqua qu'il travaillait à la mine. Ses compagnons étaient remontés quand la cloche avait sonné. Lui seul était resté, comme à son habitude. Il avait continué de creuser jusqu'à ce que sa lampe s'éteignît.

Alors qu'il suivait la galerie, il avait remarqué deux odeurs inhabituelles. Il avait identifié la première comme étant celle du sang. Quant à la seconde, même si elle lui était familière, il n'était pas arrivé à se rappeler à quoi elle correspondait.

Tandis qu'il progressait, sur le qui-vive, de la fumée lui avait piqué les yeux, diminuant sa visibilité. À la sortie, il avait buté contre quelque chose et était tombé à genoux.

Des sanglots dans la voix, il expliqua avoir reconnu, à quelques centimètres de lui, le visage d'un de ses amis. Il lui avait fallu quelques secondes pour observer la masse sombre devant lui. Tous les autres mineurs se trouvaient là. Tous morts. C'est à ce moment qu'il avait identifié ce parfum familier. Celui de la viande grillée.

Yanski décrivit leur état. Chacun portait d'atroces brûlures. Leurs vêtements avaient fondu et fusionné avec leur peau. Ils avaient une plaie béante au niveau du ventre. Ce détail n'échappa pas à Tendanô. Le lumien se demanda ce qui avait pu la causer. Daikeno posa de lui-même la question.

Le blessé hésita quant à sa réponse. Il avait eu l'impression qu'on avait versé du métal en fusion sur ses amis. Il avait pu voir les organes internes, réduits à un amas informe.

Anéanti, l'estomac vidé de son contenu, il avait regardé ailleurs pour échapper à cette scène. Son attention s'était portée sur d'étranges taches rouge orangé. Il s'était approché et avait senti une douce chaleur sur sa peau, accompagnée par le son de gargouillements. Selon ses dires, il s'agissait de flaques de lave.

— Vu ce que Yanski vient de nous dire sur l'état de ses amis, cette lave semble être la coupable idéale, conclut Esdenorg. Mais d'où provenait-elle ?

— Les Terres Glacées Éternelles connaissent beaucoup de séismes, leur apprit Tergand.

— Il y a eu un tremblement de terre, chuchota Yanski.

Devant leur regard interrogatif, le rescapé expliqua qu'il y avait eu une secousse bien plus tôt dans la journée. Les flaques de magma se trouvaient tout près, à l'intérieur même du camp. Selon lui, en cas de souci, les hommes de la surface les auraient prévenus. Or ils avaient sonné la fin de la journée comme d'habitude. Yanski était persuadé que la lave était arrivée après leur remontée.

— Une réplique sans doute, insista Tergand.

— Non ! s'agita le blessé

Daikeno se chargea de le calmer.

— Une réplique. Une seule ! persista Yanski, le timbre rauque.

— Nous te croyons, le rassura le conseiller lumien. Dis-nous ce que tu as fait ensuite.

Yanski expliqua avoir été de nouveau frappé par les effluves. Il s'agissait bien de sang, mais, à sa grande surprise, de sang frais. Elle ne venait pas de ses amis allongés devant l'entrée de la mine. Il avait suivi cette odeur. Elle l'avait mené dans les baraquements en pierre du site. Là, il avait découvert les autres travailleurs, eux aussi décédés. Ils ne portaient pas de traces de brûlures. Yanski était formel. Ils avaient eu la gorge tranchée.

Avec les diverses informations qu'il avait entendues, Tendanô en conclut que l'attaque avait eu lieu après la fin du travail.

Sans doute les agresseurs ont-ils voulu faire le plus de victimes possible.

L'homme poursuivit son explication. Après avoir erré, il avait remarqué une étrange lueur à l'horizon. Quelques secondes avaient suffi pour qu'il comprît qu'elles provenaient de son village.

Il avait alors couru tel un forcené. Une énergie nouvelle l'avait sorti de la torpeur dans laquelle l'avait plongé la découverte des corps de ses amis. Il avait craint pour la vie de sa femme,

Séliana, et pour celle de son fils de cinq ans, Yonak. Arrivé sur place, il s'était faufilé entre les habitations qui brûlaient pour atteindre la sienne.

Tendanô serra les poings, enfonça ses ongles dans sa paume jusqu'au sang lorsque le pauvre homme décrivit la terrible scène qui s'était dévoilée à lui, la voix brisée.

— Des flammes partout. Les maisons. Les gens. Des cris.

« Ma femme. Mon petit garçon. J'ai appelé. Encore et encore. »

Les larmes, retenues avec difficulté jusqu'alors, coulèrent.

Ingilad s'éloigna, les yeux humides. Le souffle d'Esdenorg se fit court. Tendanô sentit le regard de Daikeno. Ce dernier savait son meilleur ami sensible. Comment lui parvenait-il à rester calme ?

Ce n'était pas le cas, en réalité. Les lèvres du chef des Combattants étaient pincées. Il se reposait sur la tranquillité de son supérieur pour ne pas craquer à son tour. Dans la salle, tous écoutaient avec attention. D'autres blessés laissaient échapper des pleurs étouffés. Le témoignage de Yanski faisait remonter des souvenirs douloureux en eux.

— De la fumée partout, poursuivit ce dernier avec peine. Elle le tenait. Sur le lit. J'ai appelé. Pas de réponse. Je me suis approché.

L'homme cessa de parler. Ses sanglots lui coupaient la parole. Aucun d'eux ne le pressa. Au fond, ils appréhendaient d'entendre cette vérité énoncée à voix haute. De longues minutes s'écoulèrent. L'ambiance à l'intérieur de la maison s'était alourdie.

Puis, mot après mot, Yanski décrivit ce qu'il avait vu. Lorsqu'il s'était approché de sa femme et de son fils. Une pointe de pierre extraite d'un mur. Les corps de ses proches transpercés de part en part par cette dernière. Selon l'homme, son épouse avait manipulé la paroi rocheuse.

Elle avait utilisé le Lien, cette capacité propre à certaines races à contrôler les éléments pour se suicider. Et emporter son enfant avec elle.

Yanski pensait qu'elle avait compris qu'elle et leur garçon étaient prisonniers de leur maison ; elle aurait voulu épargner une mort atroce à leur petit.

Tendanô garda dans un coin cette terrible information. Impossible de vérifier si l'instinct du blessé avait deviné juste ou si les agresseurs étaient à l'origine de leur décès. Dans un sens, ils l'étaient. Rien ne se serait produit s'ils n'avaient pas attaqué ce village.

Le mineur poursuivit son explication. Sa voix se fit plus dure. Fou de rage après la découverte des dépouilles des membres de sa famille, il s'était mis en tête de partir lui-même à la recherche des assaillants. À l'aide de son odorat, il les avait trouvés. Alors qu'il s'apprêtait à les décrire, Daikeno l'interrompit.

— Vous dites les avoir repérés à leur odeur. Comment est-ce possible ? Qu'avait-elle de particulier pour que vous compreniez qu'elle leur appartenait ?

L'homme resta silencieux quelques secondes.

— Je sais pas, articula-t-il. J'ai suivi mon instinct.

Il avait humé l'air, à la recherche d'une fragrance inconnue, de n'importe quoi qui l'aurait mis sur une piste. Quelque chose l'avait perturbé. Une odeur de cendre froide. Il s'était dit qu'un tel effluve était anormal alors que l'incendie faisait toujours rage. Peut-être n'était-ce en fin de compte qu'un coup de chance qu'elle le mène là où il voulait.

— Vous vous êtes retrouvé face à vos adversaires, déclara Daikeno avec douceur. Avez-vous pu confirmer que cette odeur venait d'eux ?

— Non.

Le lumien hocha la tête et le laissa continuer.

Yanski leur expliqua que les ennemis n'étaient pas seuls quand il les trouva. Deux ornésiens leur faisaient déjà face. Un homme assez âgé et un plus jeune, d'une vingtaine d'années à peine. Le bras gauche manquait à ce dernier.

Le mineur avait pu s'approcher sans que leurs adversaires esquissassent le moindre geste menaçant. Le cadet lui avait alors annoncé qu'ils étaient responsables de la perte de son membre. Il avait senti une brûlure, sans voir ce qui l'avait causée. Yanski leur affirma que la plaie en question ne saignait pas. Elle était cautérisée.

Les opposants étaient au nombre de cinq. Tous habillés de noir de la tête au pied. Il n'avait rien vu d'eux, pas un seul bout de peau, pas une seule mèche de cheveux. Mais il avait perçu le poids de leurs regards. Comme s'ils lisaient en lui. Leur calme l'avait effrayé. Ils n'avaient pas prononcé un mot, jusqu'à ce qu'il les provoquât.

— Vous les avez insultés ? demanda Esdenorg.

— Menacés.

En dépit de ses inquiétudes, Yanski était devenu plus confiant en compagnie des deux autres ornésiens. Les adversaires étaient plus petits qu'eux. Malgré l'avantage numérique de ces derniers, Yanski avait pensé qu'en combat singulier, ils étaient tous les trois plus forts.

— Comment ont-ils réagi ? interrogea Ingilad.

Allongé sur son lit, l'homme ferma les yeux. Inspira.

— Trois ? Tu as bien dit trois ?

— Je vous demande pardon ? demanda la reine, confuse.

— Désolé, s'excusa Yanski. C'est l'un d'eux. Sa voix. Je l'entends encore. Si basse. Tel un souffle. Pourtant si audible.

Il expliqua qu'étonné par la question de l'inconnu, il avait observé son compagnon le plus jeune, dont le visage avait reflété la même incompréhension. Ce n'était qu'en se tournant vers le plus âgé d'entre eux qu'ils avaient compris. Le vieil homme était à genoux, la bouche ouverte, les yeux écarquillés. Il s'était ensuite effondré face contre terre.

— Un poignard, dans le dos. En feu.

— Une lame enflammée ? demanda Daikeno, les sourcils froncés.

— Non, répondit le blessé. Le poignard était le feu. Comme une flamme solide. Il a grandi. Pris des formes étranges.

« Une fleur immense. La chaleur était forte. Les pétales se sont affaissés. Puis plus rien. Plus de flamme. Plus de corps. »

Tendanô croisa le regard de son homologue. Les traits d'Esdenorg trahissaient son étonnement. Les propos de Yanski n'avaient aucun sens. La folie s'était peut-être emparée de l'homme. Tergand les avait prévenus qu'il risquait de délirer. La suite de son témoignage s'avéra bien plus compréhensible.

Bien qu'effrayés, Yanski et le jeune ornésien n'avaient pas fui juste après la mort du vieillard. Ils avaient tenté d'attaquer leurs cinq opposants, sans succès. Ces derniers s'étaient montrés prompts à esquiver leurs coups. À les rendre surtout.

Esdenorg s'étonna qu'ils n'aient pas utilisé le Lien pour changer la structure de leur peau. Pour créer une carapace de roche, comme seuls savaient le faire les Ornésiens. Yanski affirma avoir essayé. Cela avait au contraire aggravé les choses

— Le feu qui danse était trop chaud. Comme dans un four. Nous avons fui.

— Le feu qui danse ? demanda Daikeno.

— Oui, murmura le blessé, les yeux dans le vague. Les flammes bougeaient. Flottaient. C'était presque poétique.

Le lumien se tourna vers son roi et tapota du doigt une de ses tempes. À l'évidence, il l'estimait fou. Yanski reprit.

— Ils ont eu le petit, souffla Yanski. Je voulais le sauver. Il m'a repoussé. M'a souri. S'est retourné et leur a fait face.

Il marqua un temps d'arrêt.

Il avait cherché à revenir vers lui, mais l'autre lui avait hurlé de fuir. Il avait détourné les yeux au moment où le jeune homme fut touché. Il avait alors couru et était sorti du village. Face à lui, il n'avait vu que les étendues blanches des Terres Glacées, parsemées de pics rocailleux. L'obscurité nocturne aurait pu lui être profitable, mais il était épuisé. Il savait qu'il ne pourrait pas continuer. Il s'était réfugié derrière un rocher et avait utilisé le Lien pour se dissimuler à l'intérieur. Il y était resté jusqu'à ne plus avoir assez d'énergie pour maintenir la cavité.

Yanski acheva son témoignage en expliquant qu'il s'était ensuite effondré dans la neige, incapable de bouger. Il était demeuré là plusieurs jours, alternant les phases de semi-éveil et d'inconscience.

Il s'était en fin de compte réveillé dans la maison des guérisseurs. À aucun moment les ennemis n'étaient réapparus.

Il n'eut rien à ajouter.

Après un dernier message d'encouragement, le couple royal et les deux lumiens sortirent. Tergand les accompagna. La luminosité extérieure avait décru. Les rues étaient plus calmes. Tendanô accueillit l'air froid avec soulagement, les mains tremblantes.

— C'était tellement étrange, commenta Daikeno. J'étais là, j'écoutais, je questionnais, mais, au fond de moi, je me demandais quand j'allais me réveiller.

— Nous avons ressenti la même chose, au début, confirma Esdenorg. J'ai eu beaucoup de mal à prendre conscience de ce qu'il se passait jusqu'à ce qu'on amène les blessés. Et encore, même à ce moment, je ne réalisais toujours pas.

— Puis les messages d'alertes ont afflué en masse, continua Ingilad. Les villes les plus proches des lieux attaqués ont accueilli les premiers rescapés. Mais ce ne sont pas de grosses structures, elles se sont vite trouvées submergées.

— Du fait de l'isolement géographique, beaucoup de blessés sont morts sur le trajet, ajouta son époux.

— Qui a donné l'alerte ? demanda Tendanô

— Les marchands ambulants, répondit le roi ornésien. Mais ils ne sont pas des guérisseurs. Ils ont fait comme ils ont pu.

— Qu'avez-vous pensé du témoignage de Yanski ? intervint Tergand.

— Difficile à dire, admit Daikeno. Certains détails semblaient cohérents, d'autres n'avaient aucun sens pour moi. Qu'avez-vous découvert de la bouche des autres ?

— Pas grand-chose de plus, leur apprit Esdenorg. La plupart affirment que leurs agresseurs n'étaient pas nombreux et qu'ils étaient habillés de noir de la tête au pied. Ils ont mis le feu à leurs villages. Tous confirment également que les choses se sont passées très vite.

— Ils ont alors paniqué, conclut Tendanô. Ce qui explique qu'ils ne se sont pas organisés pour éteindre l'incendie et se défendre.

— Et ceux qui ont essayé ont perdu la vie, pour la plupart, poursuivit son homologue.

— Il y a aussi cette histoire de lave, nota Daikeno.

— Oh, ça, lâcha Tergand. Très sincèrement, je pense que c'est une coïncidence.

— Pourquoi ? s'interrogea le roi lumien. Ce mineur, Yanski, a parlé des brûlures horribles de ses compagnons.

— En effet et il y en a eu dans d'autres villages. Mais son témoignage est le seul, à ma connaissance, à faire mention du feu liquide.

— Peut-être, hésita Daikeno. Pour ma part, je ne suis pas plus avancé. Il n'y a eu aucune revendication ?

— Non, aucune, répondit Esdenorg.

Tous devinrent silencieux. L'esprit de Tendanô tournait à plein régime. Ces individus avaient voulu tuer le plus de monde possible en un minimum de temps. Ils ne semblaient pas chercher à faire de prisonniers ni à être démasqués.

— Peut-être que l'examen des corps nous aiderait, déclara Esdenorg.

Les deux lumiens se regardèrent. Leurs doutes se confirmèrent. Quelque part, à l'intérieur du bâtiment principal, des cadavres avaient été entreposés.

— Les avez-vous vus ? demanda Daikeno.

— Pas encore. J'attendais de me sentir prêt. On ne peut jamais être préparé à ce genre de chose, n'est-ce pas ?

La gorge serrée, Tendanô lui adressa un signe négatif de la tête. Son homologue soupira. Leur crispation à tous alourdit l'air.

— Très bien, reprit Esdenorg. Peut-être en saurons-nous plus ainsi. Peut-être verrons-nous des indices qui nous auraient échappé en auscultant les blessés.

CHAPITRE 3

Le groupe se mit en route et parcourut la courte distance qui les séparait de la bâtisse. Tendanô et Daikeno accompagnèrent le couple et le conseiller à l'intérieur. L'odeur se fit plus intense. Un feu brûlait dans le hall d'entrée. Des bougies, disséminées çà et là sur des guéridons en pin sans artifice, complétaient l'éclairage. Une certaine agitation régnait. Une dizaine de personnes allait et venait, le visage grave.

Au centre, un large escalier de bois en colimaçon permettait d'accéder aux étages supérieurs.

Tendanô vit Esdenorg glisser sa main dans celle de sa femme. Pour se rassurer. Être roi demandait de porter le poids d'un grand nombre de responsabilités. L'expérience transmise par les prédécesseurs ne suffisait pas. Le souverain lumien le savait mieux que personne.

Il laissa le couple les guider, lui et Daikeno, vers le fond du hall. Dissimulées dans l'obscurité, d'autres marches se dessinaient. S'enfonçaient dans le sol. Esdenorg s'empara d'une bougie. Il marqua un temps d'arrêt, puis lança un regard à sa femme, à Tergand et à leurs deux invités. Tous lui adressèrent un signe de la tête.

Ils s'engagèrent. Les murs de pierre renvoyèrent l'écho de leurs pas. Tendanô sentit son pouls accélérer. Sa poitrine se serrer. Les clameurs du hall cessèrent. Le parfum de la mort les étouffa de sa présence, bien plus que les parois rapprochées.

Il regretta de posséder un sens de l'odorat aussi développé.

Tendanô se demanda ce qu'ils allaient découvrir. Pour ne rien arranger, le froid s'intensifiait, les avertissait. Une faible lueur leur parvint. Son être souhaita s'éloigner au plus vite.

Une vaste pièce circulaire se dévoila à eux.

Une vingtaine de cadavres s'y trouvaient, allongés sur des tables de pierre, recouverts d'un drap blanc. Des prêtresses passaient de corps en corps, donnaient une ultime bénédiction, exécutaient une dernière prière. Leurs yeux larmoyants brillaient à la lueur des quelques lanternes disposées çà et là.

Elles portaient toutes une tunique en laine similaire à celle d'Ingilad. Seule la couleur de la ceinture changeait, la leur étant dorée. Quand elles la virent, chacune lui adressa un signe de déférence.

Immobiles, des hommes se tenaient à intervalle régulier sur tout le pourtour. Malgré leurs efforts pour garder une expression impassible, leur émotion transparaissait dans le clignement d'un cil, dans les spasmes d'une mâchoire contractée. Les pointes aiguisées de leurs gants cloutés lançaient quelques éclats dans la pénombre.

Le chef lumien reporta ensuite son attention sur la salle. S'avança vers la table la plus proche. Le tissu dessinait une silhouette de petite taille. Un silence lourd s'installa.

— Tergand ? s'étrangla le monarque dont les yeux pointaient dans la même direction. Était-ce nécessaire ?

Ledit Tergand suivit le regard de son chef et le détourna aussitôt.

— Ils ont essayé de ramener les corps qui avaient subi le moins de dommages. Il était près de ses parents, ils ne pouvaient pas le laisser là-bas.

La reine blêmit. Daikeno murmura quelque chose d'inaudible.

Tendanô fixa le drap quelques instants. S'écarta. Tenta de ne pas se focaliser sur le fait qu'il se tenait à proximité d'un enfant mort. Être près d'un bébé défiguré avait déjà été pénible. Ses pensées se tournèrent vers ses deux petites filles restées en Lumpiaë. Elles auraient pu se trouver à sa place. Une vague de colère teintée de tristesse menaça de le submerger. Comment pouvait-on s'en prendre à des êtres sans défense ?

Le conseiller s'approcha d'une autre table, où le linceul recouvrait une masse plus imposante. Ils le suivirent. L'homme inspira profondément, puis les regarda, à la recherche de leur assentiment.

— Allez-y, qu'on en finisse, répondit le roi.

Le tissu retiré, Tendanô sentit monter la nausée. Esdenorg ferma les yeux. Plus courageuse, Ingilad observa le triste spectacle. Elle respirait avec difficulté. Son meilleur ami, lui, fronça les sourcils ; il s'engageait déjà dans l'étude du corps.

Âgé d'une quarantaine d'années, le défunt portait sur le torse, l'unique partie dévoilée, des blessures identiques à celles qu'il avait vues sur les blessés. Elles lui rappelèrent celles que revêtaient parfois les forgerons. Leur gravité dépassait néanmoins de loin celle des manieurs de métal.

Comme du métal fondu.

Il n'osa imaginer l'horreur de ses derniers instants. La chair de ses bras avait fondu. Au niveau de son cœur, une plaie béante laissait deviner l'intérieur. Seule l'obscurité de la pièce permettait aux vivants de ne pas distinguer trop de détails.

C'est ce que Yanski a dû voir.

— La violence de la mort est visible, observa Tergand. Impossible de savoir comment cette blessure au thorax a pu être faite. On dirait que l'agresseur a transpercé le corps de sa victime avec un objet très chaud.

Comme du métal en fusion.

Les mots de Yanski résonnaient encore dans la tête de Tendanô.

L'ornésien replaça le tissu et les emmena vers une nouvelle table. La scène, bien que très dure, resta plus supportable à regarder.

Un autre homme, plus jeune que le premier. S'il présentait quelques traces de brûlures, la cause de sa mort ne faisait aucun doute. Une lacération nette, profonde, marquait son cou.

— Il a été exécuté, conclut le roi lumien.

— Comme tous les autres, souligna son meilleur ami. Mais de deux façons différentes.

— Sans doute ont-ils achevé au couteau ceux qui essayaient de s'enfuir, hésita Esdenorg.

— Certains leur ont quand même échappé, nota Tendanô.

— Ils ne pouvaient pas tous les rattraper sans risquer de se mettre eux-mêmes en danger, continua Daikeno. Qui plus est, les survivants sont très faibles. Leurs agresseurs escomptaient sans doute que le temps fasse son œuvre.

— Peut-être était-ce voulu dès le départ. Peut-être que certains voulaient tuer vite, peut-être que d'autres voulaient faire souffrir. Peut-être les deux à la fois.

Les regards convergèrent vers la Grande Prêtresse.

— C'est une possibilité, en effet, concéda le monarque lumien.

Il regarda à nouveau le corps. Cette visite lugubre ne leur apprenait rien de plus sur l'identité des attaquants.

— Remontons, j'en ai assez d'être ici, lança Esdenorg.

Tendanô observa son homologue. Le roi ornésien était pâle. Des gouttes de sueur perlaient sur son front.

Ils acquiescèrent. En silence, ils regagnèrent l'escalier. Seul Tergand demeura afin de veiller les dépouilles. Son souverain l'accepta. Le conseiller en avait fait plus qu'à son tour.

Ils gravirent les marches jusqu'au second étage. Plusieurs petites pièces le composaient. Esdenorg avança vers celle qui se situait en face d'eux et ouvrit la porte de bois massif sur laquelle se trouvait une gravure d'ours.

Ils entrèrent. Tendanô remarqua un amas de débris entassés dans un coin. Cela ressemblait aux restes d'un bureau. Confus, son homologue s'expliqua.

— La pression se faisait un peu trop pesante.

Les lumiens acquiescèrent, compréhensifs.

Un feu agréable brûlait dans la cheminée de la petite pièce sans fenêtre. Une nouvelle table avait été installée. Un siège confortable, tapissé d'un tissu en laine rouge, se dressait sur l'un des côtés. Deux chaises plus simples se trouvaient à l'opposé.

Ingilad fut la seule à s'asseoir. Un soupir s'échappa de ses lèvres. Tendanô admirait le contrôle que la jeune femme avait su garder, bien que le témoignage du mineur et la vue des cadavres l'eussent bouleversée.

Esdenorg faisait les cent pas devant le foyer. Le monarque lumien accompagna son meilleur ami vers la table. Un gros parchemin avait été déroulé, maintenu aux quatre coins par des pierres de taille moyenne. La carte d'Orsinaë. Plusieurs petits cailloux parsemaient le dessin. Tendanô comprit que le roi et sa suite avaient voulu recenser toutes les attaques connues.

Il examina leur positionnement, cherchant ce qui pouvait relier chaque emplacement. Daikeno observait lui aussi avec attention le plan.

— Lorsque les premiers messages nous sont parvenus, leur apprit le souverain ornésien, nous avons pensé que les responsables ne pouvaient être que les Séliens. Mais nous avons écarté cette hypothèse.

Les Séliens formaient une race originaire de Sel'kiane, un pays limitrophe d'Orsinaë. L'animosité entre les deux peuples avait toujours existé. Tendanô ne s'étonna pas que son ami ait envisagé cette possibilité, bien que les deux États ne se fussent pas affrontés depuis longtemps.

— Pourquoi ? s'interrogea Daikeno.

— Nous gardons un œil sur eux depuis des années. Cependant, d'après ce que nous avons constaté, leur puissance tend à décroître depuis plusieurs décennies déjà.

— De toute façon, ajouta Tendanô, les endroits attaqués se trouvent dans des zones trop reculées pour eux. Ils ne peuvent pas s'aventurer loin des côtes. Leur unique voie d'accès mène aux régions les plus habitées d'Orsinaë, les seules épargnées, si j'en crois cette carte. Il faut chercher ailleurs.

— Orsinaë partage sa frontière sud avec cinq pays : Sel'kiane, Oïlane, Lumpiaë, Aguilerya et Seranguia, rappela le chef des Combattants. Mis à part Sel'kiane, tous les autres États sont vos alliés.

— Nous n'avons pas une entente des plus agréables avec les Aguiens, mais pas au point de vouloir se déclarer la guerre. Vous les connaissez. Ils aiment parader, se vanter. Ils auraient agi d'une manière différente. Ils n'auraient pas caché leurs visages. De toute manière, Orsinaë est un pays trop froid pour eux. Ils ne prendraient pas le risque d'abîmer leurs jolies plumes.

Esdenorg battit des bras comme pour imiter le vol d'un oiseau. Tendanô éclata de rire bien malgré lui face à ce portrait ironique des habitants d'Aguilerya. Ce moment léger fut apprécié en dépit de la gravité de la situation.

— Cela ne leur correspond pas, en effet, reprit le lumien une fois calmé. Et leurs ailes sont difficiles à dissimuler sous un vêtement.

— La frontière sud, on oublie, décida Daikeno. Toute la partie ouest du pays est occupée par l'Elesia, infranchissable. Il reste les façades nord et est.

Tendanô observa les deux zones concernées. L'est était bordé par l'océan. Même si un groupe d'individus accostait, il devrait traverser toute la région des Terres Glacées Éternelles, dont une grande région inhabitée et aux ressources inexistantes. Seule la partie la plus occidentale, qui correspondait au centre d'Orsinaë, abritait quelques villages de mineurs.

Quant à la façade nord, une petite portion donnait sur l'océan. Elle hébergeait nombre de hameaux de pêcheurs et ne semblait pas avoir été touchée par les attaques. Tout le nord-est était occupé par une vingtaine de volcans. Ces reliefs rivalisaient avec la Montagne Sacrée. Les plus bas atteignaient les cinq mille mètres d'altitude, le plus grand les dix mille.

— En théorie, déclara Daikeno, seul Sel'kiane offre une ouverture pour d'éventuels ennemis. Mais vous l'avez écartée et je partage votre opinion. Toutes les autres frontières sont inaccessibles. Soit le terrain ne le permet pas, soit les attaquants se seraient fait repérer.

Esdenorg leva les yeux vers Tendanô.

— Tu comprends maintenant pourquoi je t'ai demandé de venir. Je ne sais pas dans quelle direction chercher. Toutes les conclusions que ton ami a tirées, nous les avons tirées aussi.

Aux côtés du roi lumien, Daikeno soupira.

— Puis-je vous poser une question ?

— Et bien, oui, bien entendu.

— Existe-t-il des groupuscules très hostiles dans votre pays ?

— Vous voulez dire, des opposants politiques ?

— Oui.

Silence.

— Êtes-vous en train d'insinuer que ces massacres auraient été perpétrés par un ennemi interne ?

Tendanô sentit l'explosion arriver.

— Oui.

— Non ! Cela n'est pas possible !

Le visage d'Esdenorg était devenu rouge en quelques secondes. Face à lui, Daikeno conserva son calme.

— Nous devons tout envisager, tu le sais très bien.

Esdenorg se tourna vers sa femme qui venait de prononcer ces mots. Les yeux de cette dernière étaient durs. L'homme inspira profondément. Ses mains tremblaient.

— Malgré les différends que certains peuvent avoir avec moi, jamais un ornésien ne s'abaisserait à tuer ses congénères d'une telle façon.

Un vacarme assourdissant l'interrompit. Leurs regards convergèrent vers la porte d'entrée du bureau. Elle s'ouvrit à toute volée. Tendanô croisa le regard de l'ornésien blond qui venait d'entrer.

Son sang ne fit qu'un tour.

L'homme respirait avec difficulté, comme s'il avait couru. Ses cheveux étaient emmêlés et trempés de sueur. L'extrémité de certaines mèches était roussie.

Comme si elles avaient brûlé.

Son visage et ses vêtements portaient des traces sombres. Il se tenait le flanc droit avec une main. Sous cette dernière, une auréole rougeâtre marquait le tissu beige abîmé de sa chemise. Ses gants cloutés étaient déchirés à plusieurs endroits. La peau de ses doigts pelait.

La première pensée du lumien fut que la ville était assiégée.

Esdenorg se précipita à la rencontre du nouvel arrivant.

— Par Jorgas !

— Sire.

— As-tu été attaqué sur le chemin du retour ? Et tes camarades ?

L'homme jeta un regard aux deux lumiens.

— Tu peux parler devant eux, il s'agit du roi Tendanô et de l'un de ses conseillers. Ils sont venus nous prêter main-forte.

Le monarque ornésien se tourna vers ses deux invités.

— Après avoir appris pour toutes ces attaques, j'ai envoyé plusieurs de mes soldats sur certains sites afin qu'ils cherchent des indices, une piste qui nous aideraient à trouver l'identité de nos ennemis.

Il se retourna vers son subalterne.

— Tu n'aurais pas dû venir ici, tu aurais dû passer par la maison des guérisseurs pour qu'ils te soignent.

— Il fallait que je vous parle avant.

Ingilad se leva et posa une main sur le bras de l'homme.

— Soit, mais assieds-toi avant d'aggraver un peu plus tes blessures.

Le soldat obéit. Il lâcha un grognement.

— Nous t'écoutons.

— À notre arrivée, nous nous sommes d'abord assuré que la zone ne présentait plus le moindre danger. La visibilité était assez bonne. Nous pouvions couvrir une très grande surface du regard.

« Nous avons commencé à explorer le village. Enfin, ce qu'il en restait. Tout n'était que ruines. De rares élévations de fumée s'élevaient de-ci, de-là. Une odeur âcre emplissait mes narines. J'avais l'impression d'avoir de la cendre dans la bouche. On aurait dit que le feu brûlait encore à peine quelques heures auparavant.

« De la suie marquait les fondations de pierre toujours debout. Il ne restait rien du bois qui composait les structures des habitations. Des toits de peau ne demeuraient que de rares lambeaux. On voyait encore les formes cylindriques allongées, taillées dans la roche, qui indiquaient les tunnels d'entrée dans les maisons. Ils ne débouchaient sur rien.

« On a aussi cherché des cadavres. C'était plus fort que nous. On savait que l'on devait être prêt à tout, aux images horribles des dépouilles calcinées. Mais il n'y avait rien. Aucun corps. Mis à part quelques objets du quotidien, rien ne laissait entendre que des gens avaient vécu ici récemment. »

Tendanô s'impatientait. Aussi terrible soit la description faite par le soldat, le déroulé exact de l'attaque l'intéressait davantage. Il ne pouvait se défaire de ce sentiment d'urgence.

— La bourgade n'était pas grande, nous avons vite fait le tour. Un de mes compagnons a remarqué quelque chose. Nous nous sommes approchés et nous avons découvert qu'il s'agissait d'une porte et de son montant de pierre enfoncé dans le sol gelé.

— Un temple.

L'homme adressa un signe affirmatif à la reine. Cette dernière se tourna vers Tendanô et Daikeno.

— L'architecture dans ces petits villages est différente de celle que l'on trouve dans les grandes villes. Les maisons sont concernées, mais aussi les édifices religieux qui ont été construits sous la terre. Beaucoup d'ornésiens pensent qu'ils sont plus proches de Jorgas de cette façon, au cœur même de son élément fétiche, la Terre.

— Êtes-vous entrés ? demanda le roi ornésien.

— Oui. L'odeur latente de la mort nous a frappés au visage. Nous sommes demeurés paralysés. Nous savions ce que cela signifiait. Nous nous sommes dit que si des corps s'y trouvaient, nous devions au moins leur offrir une sépulture décente.

« Deux d'entre nous sont restés devant l'entrée pour assurer la surveillance. L'intérieur était sombre. Nous avions de quoi allumer des torches, heureusement. Nous avons descendu l'escalier rocheux. Un banc renversé fut la première chose que nous avons vue. Je n'avais jamais été mal à l'aise dans un lieu religieux. »

L'homme s'arrêta. Il ferma les yeux durant quelques secondes.

— L'odeur de sang était vraiment entêtante. Nous avons quand même poursuivi. Nous avons d'abord vu des tâches sur le sol. La lumière a continué de dévoiler la pièce. Une statue de Jorgas nous fixait. Tout le bas du corps avait été souillé, il y avait du sang partout.

Il marqua une nouvelle pause.

— C'était leur sang. Celui de la dizaine de personnes allongées au pied de la sculpture. Trois hommes. Cinq femmes, dont une prêtresse. Deux enfants d'une dizaine d'années. »

Un cri résonna dans la pièce, suivi du son mat d'un coup sur la pierre. Esdenorg venait de frapper le mur. De minuscules morceaux se détachèrent de la paroi. Tendanô jeta un regard rapide à Daikeno. Ce dernier comprit où son meilleur ami voulait en venir.

— Combien de fois ? Combien de fois devrais-je supporter ce genre de nouvelles ?

Alors qu'il s'apprêtait à s'en prendre – à nouveau – à son bureau, Tendanô et Daikeno bougèrent comme un seul homme et le plaquèrent contre la cloison. Surpris, Esdenorg s'immobilisa et regarda son ami.

— Calme-toi, lui ordonna le roi lumien. Maintenant.

Tendanô soutint son regard. Il savait que le monarque ornésien possédait la fâcheuse tendance à laisser exprimer sa colère de manière trop virulente. Ingilad se leva et posa une main sur la joue de son époux.

— Reprends ton sang-froid. Car, la prochaine fois, ce ne sont pas eux qui te maitriseront.

Son mari secoua la tête pour montrer qu'il avait compris.

Je suis sûr qu'elle s'entendrait à merveille avec ma femme.

Les deux lumiens le lâchèrent, assurés qu'il se contrôlerait.

— Excuse-moi, balbutia Esdenorg à l'intention du soldat. C'était malvenu de ma part.

— Ce n'est pas moi qui vous jugerais, Votre Majesté. Lorsque je les ai vus, j'aurais pu détruire la Montagne Sacrée à mains nues, si elle avait été à ma portée. Si seulement j'avais pu mettre la main sur ce sale enfoiré.

— Qui ? demanda Tendanô.

— Celui qui nous a attaqués. Nous avons passé quelques minutes à nous recueillir devant les dépouilles. Nous ne savions pas par quoi commencer. Est-ce que nous devions enterrer les corps ici ou ailleurs ? Fallait-il nettoyer l'effigie ou continuer à chercher des indices ?

« Alors que nous nous questionnions, nous avons entendu un appel venu de la surface. Nous nous sommes précipités. Un de mes hommes se trouvait encore devant l'entrée tandis que l'autre courait un peu plus loin.

« Le premier nous a expliqué avoir aperçu une ombre. Un individu habillé de noir. Tandis que certains d'entre nous faisaient suite à notre camarade qui le pourchassait, les autres assuraient les arrières et veillaient qu'il n'y eût pas d'autres ennemis dans les parages. »

Le soldat serra la mâchoire.

— Il était rapide. Nous ne sommes pas faits pour courir vite aussi longtemps. Lui l'était, de toute évidence.

— Il a attaqué votre groupe ? demanda Daikeno.

L'homme pinça ses lèvres.

— Il n'a fait que nous fuir. Pourtant, à plusieurs reprises, nous avons été touchés par quelque chose. Une forte chaleur se dégageait, mais impossible de savoir d'où elle provenait. J'avais l'impression qu'un feu brûlait à proximité, mais je ne le voyais pas. Ce qui est sûr, c'est que plusieurs d'entre nous ont été atteints.

« Nous avions beau chercher, nous n'avons vu personne d'autre. Il était seul, j'en mettrais ma main à couper. Il est passé derrière un rocher et nous l'avons perdu de vue. Pour moi, c'était franchement ridicule de se cacher derrière une simple pierre alors que nous n'étions pas si loin. Et s'il sortait, nous le remarquerions, il n'y a pas de vraie cachette, pas de forêt.

— Mais où étiez-vous ? s'interrogea Tendanô.

— Ils étaient dans la partie habitée des Terres Glacées, c'est là que je les ai envoyés.

— D'accord. Et ensuite ?

— Nous ne nous sommes pas précipités. Nous avons commencé à encercler le rocher. On sentait bien que quelque chose clochait, que ce comportement n'était pas normal. J'ai vu le visage d'un de mes hommes se décomposer. Il a relâché sa vigilance et nous a fait signe d'avancer. Et là, personne. Il n'y avait personne.

— Quoi ? dirent-ils tous en chœur.

— Il n'était plus là. Nous avons fait plusieurs fois le tour. Il y avait bien des traces de pas, mais elles s'arrêtaient là. »

Le silence tomba dans la petite pièce.

— Il a disparu, purement et simplement ? s'étonna le roi lumien.

— Oui. Les attaques aussi ont cessé. Nous sommes restés plusieurs heures, mais il n'y avait personne. Comme s'il ne s'était rien passé.

Esdenorg souffla.

— Je suis désolé.

— Ne t'excuse pas. Le principal, c'est qu'aucun membre de ton groupe n'ait été tué. Cela nous fait toujours des indices en plus à leur sujet, même si j'ignore comment nous devons les utiliser. Va maintenant, tu as besoin de te faire soigner et de te reposer.

L'homme se leva, les salua et se dirigea vers la porte.

— Attendez, intervint Daikeno. Vous pouvez le décrire un peu plus précisément ?

— Non. Comme je l'ai dit, il était vêtu de noir.

— Est-ce que ses vêtements lui collaient au corps ? Quelle taille faisait-il ? Et sa carrure ?

L'ornésien le regarda, bouche bée. Il se gratta le front de sa main libre, hésitant.

— Et bien, il était plus petit que nous, à n'en pas douter. Je dirais au moins deux têtes de moins que nous. Il ne m'avait pas l'air très costaud. Enfin, par rapport à nous.

— Et il était rapide c'est bien cela ? s'enquérit le chef des Combattants.

— Oui, je n'ai pas eu l'impression qu'il s'essoufflait.

— Je vous remercie.

Le soldat les salua une nouvelle fois et partit. La porte close, Esdenorg arpenta la pièce.

— Est-ce qu'un Sélien peut se transformer en neige ?

En d'autres circonstances, la remarque de son meilleur ami aurait fait rire Tendanô.

— Pas que je sache. De toute façon, la description physique ne correspond pas. Les Séliens ont une carrure aussi imposante que celle des Ornésiens.

— Peut-être, mais nous sommes plus forts qu'eux !

Cette fois, Tendanô sourit aux mots de son homologue. La reine, assise, ne dit rien, les yeux dans le vague.

— Nous avons besoin d'une pause, poursuivit l'ornésien

Tous approuvèrent

— C'est bientôt l'heure du repas. Peut-être pourrons-nous mieux réfléchir une fois l'estomac plein.

CHAPITRE 4

— Et voilà, encore gagné !

— Non, c'est pas juste ! Tu as triché !

Tendanô, les yeux perdus dans l'horizon, sursauta. Il jeta un coup d'œil à son meilleur ami ainsi qu'au petit garçon de cinq ans assis en face de celui-ci. Daikeno servait de compagnon de jeu à Tyric, le fils d'Esdenorg et d'Ingilad.

L'enfant avait hérité des cheveux et des yeux de sa mère, mais nul doute qu'il avait le caractère de son père. Il venait ainsi de se mettre en colère parce que l'adulte avait gagné une nouvelle partie d'osselets.

Le roi sourit et reporta son attention sur le ciel. La luminosité était suffisamment basse en ce milieu d'après-midi pour qu'il pût voir les premières nitescences de Jorgas apparaitre. Des volutes blanchâtres zébraient la voûte céleste.

Il regarda vers le sud où se trouvait son pays. De là, il apercevait les lueurs de Leydane, la Déesse-Souveraine Louve que son peuple vénérait. Elles étaient un peu plus rosées que celle de Jorgas.

Le ciel nocturne d'Eldalarya était unique. Son apparence changeait selon le pays. Les habitants n'avaient qu'à lever les yeux pour se sentir réconfortés par la présence de l'une des neuf divinités qu'ils adulaient.

Quelque part, là-haut, les Dieux-Souverains les observaient. Que pensaient-ils de leurs descendants ?

Vous seuls savez ce qu'il se passe.

Il soupira. Le repas pris en compagnie d'Esdenorg et de sa famille leur avait permis de décompresser un peu. En quelques heures, il lui avait fallu enregistrer un bon nombre d'informations. Malgré cela, il y avait une part de lui-même qui refusait d'y croire, qui ne s'imaginait pas cela possible.

Peut-être craignait-il ce que cela signifiait. L'équilibre se perdait. La paix relative du monde se trouvait mise en péril. Cela ne concernait qu'un seul pays, mais tant de gens étaient déjà morts. Il sentait, au fond de lui, que cela ne s'arrêterait pas là.

Il se demandait surtout ce qu'il pouvait faire. Sur le trône depuis une demi-douzaine d'années, il n'avait pas l'expérience de la guerre. Danko, son beau-père et prédécesseur, aurait peut-être su par quoi commencer. Après tout, il avait régné avant lui pendant une trentaine d'années.

Mais Danko n'était pas là. Et Tendanô devinait ce que le vieil homme lui répondrait.

Crois-tu que je t'aurais permis de t'installer sur le trône si j'avais douté de toi ?

Aider Orsinaë. Esdenorg n'était pas un incompétent. Contrairement au souverain lumien, l'ornésien avait été élevé pour diriger. Il avait grandi dans un pays où la menace d'une attaque planait constamment. Il avait été éduqué dans l'optique d'affronter un jour les Séliens, les ennemis de toujours.

Pendant le repas, le roi ornésien avait affiché la bonne humeur qu'il lui avait connue autrefois. Mais son regard ne brillait pas avec la même intensité.

— Tu crois qu'ils vont venir jusqu'ici ? interrogea le petit.

— De quoi parles-tu ? demanda Daikeno.

— Bah, des méchants qui tuent tout le monde.

Tendanô se tourna vers l'enfant. Daikeno regardait Tyric, étonné par question. Avant de rejoindre la salle dans laquelle ils prendraient leur repas, Esdenorg les avait avertis qu'ils n'avaient rien dit à leur fils, pour ne pas l'effrayer.

Force était de constater que le petit garçon avait su l'apprendre quand même. Il n'avait pas l'air apeuré. Il s'interrogeait juste, inconscient de la portée des événements. Il voulait seulement comprendre, comme tous les petits de son âge.

— Et bien, il n'y a pas de raison, répondit Daikeno. Edenigë est une grande ville.

— Même s'ils se rassemblent tous pour nous attaquer ?

Daikeno éclata de rire.

— Qu'est-ce qui te fait croire qu'ils sont si nombreux ?

— Ils ont attaqué plein de villages, souligna l'enfant.

— Et tu penses que cela suffit à dire qu'ils sont beaucoup ?

Tyric le dévisagea. Il baissa ensuite les yeux vers les osselets dispersés sur le sol. Il les ramena un à un devant lui, jusqu'à former un petit tas qu'il observa avec attention.

— Si on met tous les méchants ensembles, ça fait un chiffre plus grand, non ?

— En effet. Mais à ton avis, pourquoi ne se sont-ils pas mis ensemble dès le début ? Ils auraient pu attaquer directement la capitale.

L'enfant haussa les épaules.

— Je sais pas. C'est plus facile de s'en prendre à un petit village. Peut-être qu'ils avaient peur de pas être assez forts ?

« Mais maintenant, c'est nous qui avons peur. Et si les méchants le savent, ils seront contents, ils auront vu qu'on n'est pas si forts. »

Les deux hommes demeurèrent bouche bée devant la réflexion de l'enfant.

— Tu es un petit malin toi, dis-moi, déclara Daikeno.

— Mes professeurs me disent que je dois apprendre à penser, parce qu'un jour, c'est moi qui serai le roi.

Le chef des Combattants ébouriffa ses cheveux.

— Prends quand même le temps de grandir. En attendant, il y a des adultes qui vont s'occuper de régler ce problème, comme ton papa, mais aussi ta maman et tous les habitants de ce pays. Et il y a moi aussi, ainsi que le roi Tendanô.

Le petit leva les yeux vers le monarque.

— Vous allez trouver les méchants ?

— Si nous pouvons, oui, répondit le souverain.

— Et vous leur ferez quoi après ?

— Je ne sais pas. Peut-être commencer par leur demander pourquoi ils ont fait ça. Et ensuite, nous verrons bien.

La trappe du toit sur lequel ils s'étaient installés s'ouvrit. La chevelure blonde d'Ingilad apparut.

— Esdenorg m'a dit que je vous trouverais ici. Suivez-moi, il y a un endroit où nous devons aller.

— Moi aussi, je peux venir, maman ? Allez, dis oui, s'te plait, s'te plait, s'te plait !

— Oh non, tu as d'autres choses à faire. Il y a quelqu'un qui t'attend à la maison pour te faire faire tes leçons.

— Je préfère jouer.

— Tyric ?

— Bon, d'accord.

Après avoir laissé le petit aux bons soins d'une prêtresse, Ingilad conduisit les deux hommes à l'extérieur de la bâtisse royale. Tendanô se demanda ce qu'elle souhaitait leur montrer. Elle était partie avant la fin du repas, après la visite d'un soldat.

Devant la porte, Esdenorg attendait déjà. Elle l'invita d'un signe à les rejoindre, puis elle s'engagea dans une petite ruelle.

— Où allons-nous ? questionna Daikeno.

— J'aimerais bien le savoir, confia le roi ornésien. Elle ne m'a rien dit.

Du fait de l'étroitesse du passage, ils devaient progresser les uns derrière les autres. La reine les emmenait dans la périphérie de la ville. Le trajet dura plusieurs minutes.

— J'ai reçu un message. Nous sommes attendus. Il semble que cela soit lié aux événements qui secouent le pays.

— Et pourquoi n'est-ce pas moi qui l'ai reçu ?

La reine s'arrêta, fit demi-tour et adressa un sourire à son mari.

— Peut-être parce que tu n'es pas tout seul à gouverner. Je suis non seulement la souveraine, mais aussi la Grande Prêtresse, ce qui signifie que pour certaines personnes, je suis deux fois plus importante que toi.

Elle ponctua sa parole avec une pichenette sur le front de l'ornésien qui fit sourire leurs invités. Ils reprirent leur marche.

— Je connais ce quartier, constata Esdenorg.

Tendanô manqua de buter contre l'homme qui venait de s'arrêter net. Il observa les alentours. Pour lui, cet endroit ressemblait à tous les autres coins de la ville. Il nota tout de même que les torches se faisaient plus nombreuses.

— Nous allons chez les Faetims ? s'étonna le monarque ornésien.

— Oui.

Tendanô connaissait les Faetims. Plusieurs représentants de ce peuple habitaient dans son pays.

Ils avancèrent et ne tardèrent pas à en croiser. Le lumien reconnut les ombres drapées de noir qu'il avait vu à son arrivée. Sur le moment, il n'avait pas fait le rapprochement.

— C'est toujours étonnant de les voir dans un endroit aussi froid, commenta Esdenorg.

— C'est sûr, mais là où un bon feu peut brûler, les Faetims construisent un foyer, souligna Ingilad.

— Cela dit, la cohabitation reste assez particulière. Ce sont des gens très discrets, ils n'aiment pas se faire remarquer ni communiquer avec d'autres personnes.

— Mais c'est peut-être parce que ces autres personnes ne savent pas y faire.

Le ton ironique de la prêtresse fit sourire Tendanô. Cependant, il partageait les doutes de son homologue. Les Faetims esquivaient toutes les conversations, répondaient à peine aux bonjours. Une situation délicate sachant que tout à chacun était amené à les croiser plusieurs fois par jour.

D'ailleurs, la plupart de ceux qu'ils rencontraient fuyaient leur regard. Quand ils ne fuyaient pas tout court. Ils agissaient toujours comme s'ils avaient fait quelque chose de mal – ou que les autres risquaient de leur faire du mal.

À la différence des Ornésiens et des Lumiens, les Faetims ne pouvaient pas maitriser le Lien. Ils n'étaient pas en mesure de se défendre en cas de danger.

Je me demande pourquoi ils sont si craintifs. Ont-ils été martyrisés dans le passé ? Ça ne me dit rien, en tout cas.

Tendanô secoua la tête pour chasser cette question saugrenue.

Ils approchèrent d'une petite place. De nombreux feux brûlaient devant chaque maison, ainsi qu'au centre. Des centaines de bougies ornaient les devantures. L'ensemble donnait une impression de chaleur unique, au sens littéral comme au sens figuré.

L'esprit se sentait apaisé, le corps se détendait comme s'il savait qu'il était en sécurité.

La crainte manifeste des faetims était le seul détail tranchant. Ils étaient tous assis par terre, discutaient à voix basse, mais avec animation. Quand ils les virent arriver, ils se turent, se relevèrent et reculèrent.

— Mes frères, mes sœurs, rentrez chez vous.

Tendanô chercha l'origine de cette voix éraillée. Les autres ne se firent pas prier et bientôt la place fut déserte. Il ne restait plus qu'eux quatre ainsi qu'une personne installée près du feu principal.

Sans hésitation, Ingilad vint s'asseoir de l'autre côté. Les trois hommes l'imitèrent. Les minutes s'écoulèrent sans qu'un mot fût échangé. Tendanô sentait des présences derrière chaque porte close, derrière chaque petite fenêtre.

L'ombre leva enfin la tête et Tendanô put détailler son visage. Il s'agissait d'une vieille femme. Ses traits marqués apparaissaient sous le couvert de l'épais tissu noir. Elle prit une bûche et la déposa dans le feu. L'éclat de ses iris argentés s'intensifia devant la danse des flammes. La luminosité de celles-ci dévoilait la teinte grisâtre de sa peau.

Malgré son âge avancé, ses cheveux, dont quelques mèches étaient visibles, avaient conservé leur noirceur naturelle.

— Je vous remercie d'être venus. J'aurais préféré aller vous voir de moi-même, mais il y a bien longtemps que mes jambes ne me permettent plus de me rendre plus loin que cet endroit.

— Je vous suis reconnaissante de nous avoir demandé de venir, s'inclina Ingilad. Toutes les bonnes volontés sont les bienvenues en de pareilles circonstances.

À leur côté, les hommes gardèrent le silence.

— Tout dépend pour qui, Votre Majesté. À l'origine, j'espérais qu'un de mes frères ou une de mes sœurs faetims se charge d'aller rapporter mes propos. Mais ils étaient trop craintifs.

« Je suis vieille, à présent, j'ai appris à prendre du recul par rapport aux autres races. Bien sûr, les Ornésiens ne nous parlent pas. Comment le pourraient-ils alors que nous ne leur permettons pas ? Nous fuyons sans cesse.

« Mais il y a des choses qui ont plus d'importance que la peur du jugement d'autrui. Bien que nous demeurions entre nous, nous ne sommes pas sourds. Chaque jour, nous nous rendons là où l'on a besoin de nous et nous ravivons les feux, nous apportons chaleur aux cœurs et aux corps. On nous remercie, mais nous balbutions. Sans un regard en arrière.

« C'est ainsi que nous avons appris ce qu'il se passait. Malgré une angoisse dans le ventre, je ne peux pas rester sans rien faire en sachant que tant de gens sont morts, que tant d'autres souffrent.

— Que voulez-vous dire ? » demanda Esdenorg.

La vieille femme se recroquevilla un peu sur elle-même.

— Pardon, Votre Majesté, je parle pour ne rien dire et je recule le moment d'aller à l'essentiel. Je sais. Nous savons qui a fait ça.

Ses interlocuteurs demeurèrent bouche bée. Comment les Faetims pouvaient-ils avoir compris ? Que savaient-ils, précisément ?

— L'expression dans vos regards ne m'étonne pas. Comment nous, des faetims sans capacités particulières, renfermés sur nous-mêmes, avons pu connaitre la vérité ? Comment avons-nous pu résoudre ce mystère mieux que vous, pourtant entraînés pour ce genre de situation ?

« Peut-être est-ce justement cet entraînement qui a créé en vous un automatisme. Je l'ignore. Je ne suis pas soldat. Je pense néanmoins que vous avez l'habitude de tourner d'abord vos regards vers ce qui est clair. Pourquoi regarder ailleurs quand il n'y a pas de logique ? En réalité, elle existe, mais elle est tellement présente que l'on en vient à nier l'évidence.

« Mais je m'égare encore avec mes discours. Eh oui, comme vous pouvez le voir, nous sommes plus bavards que ce que l'on pourrait croire. Ma question est simple. Vous, Ornésiens, mais vous aussi Lumiens, qui possédez ce don des Anciens, ce Lien qui vous permet de manipuler la Terre, vous souvenez-vous que quelque part, sur Eldalarya, d'autres sont capables de faire de même pour les autres éléments ?

— Bien évidemment que nous le savons, s'offensa Esdenorg. Le Lien est le propre des races primaires. »

Tendanô ne répondit rien.

Est-elle en train de nous dire que…

La pensée qui se présentait à lui apparaissait comme trop incongrue. Trop incohérente.

— En effet, Votre Majesté, elle est le propre des races primaires. Votre esprit reste celui d'un tacticien, d'un stratège. Votre logique, acquise par vos enseignements, réfute ce qui semble trop inconsistant.

« Ainsi, dès les premières attaques, vous avez immédiatement pensé que c'était le fait des Séliens, les adversaires de toujours, les seuls connus, n'est-ce pas ? Et lorsque vous vous êtes rendu compte que cela n'était pas possible, vos convictions ont été ébranlées, abaissant vos capacités de réflexion.

« Vous avez cherché une première porte de sortie dans vos frontières ou plutôt, dans les états frontaliers. Mais quand cette hypothèse a été écartée, vous vous êtes retrouvés démunis, car il n'y a pas d'ennemis parmi les pays qui touchent Orsinaë. Vous n'avez pas continué plus loin.

« Pardonnez-moi si mes propos vous semblent hautains, là n'est pas mon intention.

— Je ne l'avais pas remarqué, si ça peut vous assurer. J'essaie encore de comprendre ce que vous voulez nous dire. Pourquoi ne pas en venir au fait ?

— Peut-être aurais-je dû, en effet. Mais je craignais de vous voir fermé à cette hypothèse – hypothèse qui est une certitude pour moi – et de perdre votre attention. Aussi ai-je souhaité pousser votre réflexion.

— J'entends. Mais je n'ai pas dormi depuis des jours. Mon peuple est en train de se faire décimer et j'ignore par qui et pourquoi. Je suis las de réfléchir et je ne peux pas me permettre de perdre de temps. »

Ingilad posa une main sur le bras de son époux.

— Nous avons, je pense, déjà bien plus avancé au travers de cette discussion que nous l'avons fait durant les précédents jours, à tourner en rond tandis que les messages arrivaient.

— Je sais bien. Si vous avez la certitude, comme vous le dites, de quelque chose, je vous écoute.

La vieille femme garda le silence. Les lèvres de Tendanô le démangeaient, mais quelque chose en lui le retenait. Non, il ne parvenait pas à formuler ce qu'il comprenait.

— Les Féliens.

Le silence se fit une nouvelle fois sur le groupe.

— Quoi ?

À son tour, Tendanô posa sa main sur Esdenorg pour le calmer. Des petits cris étouffés s'échappaient de derrière les portes.

— Il m'a fallu un peu de temps pour en être certaine. Les autres ont essayé de me dissuader de parler, de crainte du regard sur nous, mais aussi de crainte de *son* regard.

— Les Féliens ? Mais ça n'a pas de sens ! Ils vivent de l'autre côté d'Eldalarya. Que viendraient-ils faire ici ? Comment pouvez-vous être aussi sûre que ce sont eux ?

— Quand vous parlez de son regard, vous faites allusion à Shenra ?

Esdenorg fixa sa femme avec de grands yeux. Cette question était mineure pour lui, surtout après la révélation de la faetim.

— Oui. Dans les histoires que nous racontons entre nous, il est relaté que la colère de Shenra la Tigresse suite à son exil forcé en compagnie de ses frères et sœurs est capable de faire fi des barrières de sa prison et de quitter les cieux pour se déposer ici-bas.

Tendanô ne put s'empêcher de regarder vers le ciel. Les lueurs de Jorgas s'étaient intensifiées. Le dieu ours était-il, en ce moment même, en train d'affronter sa sœur parce que les descendants de celle-ci s'en prenaient aux siens ?

— Mais avez-vous conscience de ce que vous dites ?

Dépité, Esdenorg se tourna alors vers les deux lumiens.

— Il est vrai que les Féliens maitrisent le Lien du Feu, ce qui expliquerait certaines choses, intervint Daikeno. Mais c'est bien le seul élément qui concorde.

— Ah, merci, dit l'ornésien. Sans compter que ça fait tellement longtemps que l'on n'a pas entendu parler d'eux. Ils ont sans doute disparu à l'heure qu'il est.

— Invisible ne signifie pas inexistant, signala Tendanô. Mais je suis de leur avis. Il y a beaucoup trop de détails qui ne vont pas. Comment êtes-vous sûre de ce que vous avancez ?

La faetim les observa tour à tour.

— Que savez-vous des Féliens ?

— Ils sont cruels, réfléchit Esdenorg. Ils prennent plaisir à tuer, à tout détruire. Ils sont tellement agressifs qu'ils ne se supportent même pas entre eux.

— Féliathe, leur pays, poursuivit Daikeno, est séparé d'Orsinaë par la grande puissance qu'est Seranguia. La frontière entre Orsinaë et Seranguia est elle-même infranchissable de par sa nature.

Escalader la Falaise Noire, qui mesure plus de deux kilomètres de haut n'est pas à la portée de n'importe qui. J'ignore même si cet exploit est possible.

— Nous pourrions continuer comme ça longtemps, reprit Esdenorg. Je vous remercie du fond du cœur de vouloir nous aider, je sais combien il vous en coûte d'interagir avec les autres. Mais là, je ne peux pas, il me faudrait plus de preuves.

— C'est une piste comme une autre, hésita Ingilad.

— Tu y crois vraiment, mon amour ?

La reine soupira.

— Je suis d'accord avec vous. Beaucoup d'éléments nous poussent à considérer que ça ne peut pas être eux. Mais en même temps, pas mal de détails concordent. Et puis, nous n'en savons pas tant que ça sur les Féliens. Hormis les Faetims, seuls les Séraniens possèdent une connaissance importante à leur sujet. Après, tout, ce sont leurs principaux ennemis du fait de la proximité géographique.

— Et vous, roi de Lumpiaë, qu'en pensez-vous ?

Tendanô scruta la vieille femme droit dans les yeux. Elle soutenait son regard, chose curieuse qu'il n'eût jamais expérimentée avant. Être plongé dans ces iris argentés qui ne se détournaient pas désarmait. Il découvrait pour la première fois un regard différent sur le monde, différent du sien, différent de ceux qu'il avait connus.

Qui aurait pu croire cela ? Comme quoi, tout est possible.

Il médita cette pensée, observant toujours la faetim.

Ses yeux ressemblent à du métal fondu.

Il sourit à cette image un peu trop redondante ces dernières heures dans son esprit. L'expression de la vieille femme changea.

— Ai-je dit quelque chose de drôle ? Vous êtes bien le roi de Lumpiaë, je ne me suis pas trompée ?

— Ne vous inquiétez pas, je souriais pour moi-même.

Il soupira.

— Esdenorg et toi aussi, Daikeno, je sais que la piste qu'elle propose apparait comme aberrante. Je partage d'ailleurs votre réserve. Cependant, Ingilad n'a pas tort. Nous pouvons toujours vérifier, pour être sûrs.

— Pourquoi ça ne m'étonne même pas de toi ? constata son meilleur ami.

Esdenorg demeura songeur.

— Nous devons en discuter.

Il se leva. Les trois autres l'imitèrent.

— Un grand merci à vous, vieille femme, dit l'ornésien. J'ignore si cela nous sera utile, si vos certitudes seront nôtres, mais je suis touché par votre geste.

— Je ne vous garantis pas qu'il se réitère, mais, qui sait ? Ils ont tout entendu, derrière leur porte. Peut-être que cela les apaisera un peu. Mais partez, je ne vous retiens pas. Et que Shenra vous protège.

À ces mots, elle reporta son attention sur le feu qu'elle nourrit d'une nouvelle bûche.

— Car, après tout, elle est aussi notre Déesse.

Pour Tendanô, il était dérangeant de penser que quelqu'un souhaitait pour eux la protection de la divinité que les ennemis vénéraient.

Ils s'éloignèrent du grand feu, de ce quartier où les Faetims vivaient. Leurs pas les ramenèrent jusqu'à la place principale, déserte.

— Je n'ai pas les moyens pour ça, chuchota Esdenorg. Je dois trouver les coupables, peu importe leur identité. Je dois aussi veiller à maintenir le calme, à empêcher la psychose d'envahir le cœur de mes sujets. Mon pays est étendu, la plupart des villes et des villages sont isolés et je ne sais pas comment protéger ceux qui n'ont pas encore été touchés.

— C'est là où je peux intervenir, annonça Tendanô. Tu m'as demandé de venir pour t'aider à trouver les coupables de ces massacres. Si les Féliens sont responsables, je peux envoyer un message à Behalem, le roi séranien. Lui seul sera en mesure d'agir si ces individus sont passés par son pays.

« Qui plus est, le savoir concentré dans les bibliothèques de Seranguia pourrait nous être d'un grand secours. Peut-être qu'un cas identique s'est présenté par le passé. Sans doute pas avec la même importance, mais on peut vérifier. »

Le monarque ornésien se renfrogna.

— J'ai l'impression de gâcher ton assistance et de me retrouver à la case départ.

— Nous pouvons vous fournir un soutien logistique, rappela Daikeno.

Tendanô se tourna vers son chef des Combattants.

— À quoi penses-tu ?

— Avec ton accord, bien entendu, nous pourrions réunir une centaine d'hommes et les envoyer en Orsinaë pour accompagner les ornésiens dans leurs recherches.

Tendanô réfléchit à la proposition. Esdenorg avait besoin d'aide pour couvrir tout son territoire. De plus, les Lumiens étaient aussi bons pisteurs que les

Ornésiens et ils avaient pour eux leur endurance, qualité peu présente chez leurs voisins du nord.

Mais engager des Combattants signifiait aussi mettre des vies en péril. Un groupe d'hommes d'Esdenorg avait été attaqué. Chacun de ses membres s'en était sorti, mais ce n'était pas une raison. En fin de compte, ils n'avaient même pas réussi à attraper le fuyard.

Cependant, il ne voyait pas d'autres moyens d'aider.

— Cela me semble une bonne idée. Tu t'occuperas de cela lorsque nous serons de retour en Lumpiaë.

— À peine arrivé, te voilà déjà reparti, soupira Esdenorg. Je me demande si un jour je parviendrais à te faire visiter cette ville.

— Nous en aurons l'occasion, je te le promets. Et je ne suis pas encore parti, il nous reste quelques heures devant nous.

CHAPITRE 5

Lumpiaë, An 4503, sixième jour de Leydamadë.

— Enfin à la maison !

Daikeno l'avait devancé à l'approche de Melkyo. Il attendait que son meilleur ami le rejoignît. Il avait lâché les rênes et écarté ses bras comme pour enlacer le paysage. Derrière lui, Tendanô prenait son temps, laissant sa monture avancer à son rythme.

— À partir du moment où nous avons passé la frontière, nous étions déjà de retour chez nous, rappela-t-il.

— Oui, oui, se moqua son camarade. Mais c'est différent. Mon lit ne se trouve pas dans la forêt.

Qu'est-ce que le roi pouvait répondre à cela ? Il se contenta de sourire. Même s'il se montrait moins démonstratif, lui aussi ressentait l'apaisement d'être enfin arrivé. La neige n'était pas tombée depuis plusieurs jours. Les arbres et arbustes affichaient des teintes vertes, ocres et jaunes. Une odeur d'humus les environnait.

Sa première envie fut de se précipiter chez lui pour enlacer sa femme et ses filles. Mais à cette heure-ci, les petites dormaient toujours. Sans compter qu'il n'avait pas le temps. Son estomac se serra. Malgré l'allégresse dans leur cœur, le monarque n'oubliait pas leur court séjour en Orsinaë.

Les images des blessés et des morts le pourchassaient dans son sommeil. Et sa première action à son arrivée serait de se rendre dans la salle de réunion où l'attendait son épouse, Juniki et ses autres conseillers.

Esdenorg lui avait permis d'utiliser des oiseaux messagers pour qu'il transmît ses directives. Le roi lumien avait ordonné une plus grande vigilance sur son territoire. Qui sait si les ennemis ne goûteraient pas l'envie de visiter son pays ?

Ici aussi, il y avait des villages isolés. La prédominance de la forêt ne garantissait pas la sécurité. C'était peut-être même le contraire.

Il lança un regard à la ronde. Un seul arbre suffisait. Chaque année comptait son lot d'incendies. Ils avaient causé de grands ravages par le passé. Les flammes étaient ordinaires. Personne ne les contrôlait alors.

Qu'arriverait-il si un félien jouait avec le feu ici, donnait une force supplémentaire à un élément puissant de base ?

La rencontre avec la vieille faetim avait troublé Tendanô. Malgré ses doutes, il envisageait de plus en plus cette possibilité avec sérieux. Elle était si sûre d'elle qu'il en venait à vouloir la croire. Tuer pour le simple plaisir, ne chercher que la satisfaction d'assouvir un instinct. Ajouté au fait qu'ils maitrisaient le Lien du Feu, cela leur correspondait parfaitement.

— Il ne nous reste plus que le pont à traverser.

Tendanô revint à la réalité aux paroles de son ami. La brume qui recouvrait le Meleïka commençait à se dissiper. Une masse plus sombre surplombait le fleuve.

Construit en roche, le pont en voûte permettait de rejoindre l'autre rive et surtout la capitale, Melkyo. Il était assez large pour une circulation dans les deux sens. À cette heure-ci, il était encore désert.

Les fers des chevaux claquèrent. L'écho était dérangeant, capable de réveiller toute la cité. Et il durerait le temps de la dizaine de kilomètres de traversée.

Et ça ne va pas s'arranger avec les routes pavées de Melkyo.

La traversée s'effectua sans un mot, les deux hommes savourant l'air chargé d'odeurs familières. La pierre imprégnée d'une fragrance musquée indiquait le passage récent d'une ou de plusieurs meutes de loups. Ces animaux étaient les bienvenus dans les alentours, mais n'avaient pas le droit de pénétrer les rues. Leurs semblables domestiqués gardaient bien ces dernières. À chacun son territoire.

Malgré sa taille, Melkyo n'était pas visible au premier coup d'œil. Les habitants veillaient à ce que chaque construction n'empiétât pas sur la forêt qui restait maitresse des lieux.

Il ne viendrait l'idée à personne de détruire l'endroit qui vous nourrit, vous loge et vous chauffe. Les arbres cachaient ainsi la plupart des maisons.

Il est si facile de se dissimuler ici. Bien mieux qu'en Orsinaë.

Tendanô leva les yeux. Le ciel dégagé lui offrait une vue imprenable sur les reliefs alentour qui dominaient les sylves. Des pentes douces menant à des sommets invisibles occupaient tout l'horizon.

Sur ce pont, chacune des collines qui formaient le Cercle des Neuf était visible, malgré parfois des centaines de kilomètres de distance. Leur cinq mille mètres d'altitude ne rivalisaient pas avec l'Elesia, mais elles demeuraient impressionnantes.

Les collines avaient une origine divine. Les Anciens les avaient créées et chacune d'elles aurait accueilli l'un des neuf Dieux-Souverains juste avant l'Exil. Juste avant qu'ils ne soient châtiés sur un autre plan parce qu'ils ne répondaient pas aux attentes de leurs « parents ».

Melkyo avait été construite au pied de celle dédiée à Jorgas, dans la partie nord-ouest. Celle de Leydane se trouvait à côté, au nord.

Je devrais installer des sentinelles dans les hauteurs.

Il aperçut les murs des premières maisons.

Celles-ci étaient composées de rondins de bois empilés. Elles servaient d'habitations aux familles de chasseurs, de tanneurs et de bûcherons, lesquels se rendaient plus souvent que les autres habitants dans les profondeurs de la forêt.

Trois hommes s'activaient devant l'une d'elles. L'un d'eux leva les yeux à leur passage.

— Votre Majesté, déjà de retour ?

— Et moi alors ? s'indigna Daikeno. Je n'ai pas le droit à un bonjour ?

Les lumiens rirent.

— Bien sûr que si, chef Daikeno. Pardonnez-moi d'avoir traité votre personne moins bien que celle de notre roi !

L'homme accompagna ses mots d'une révérence moqueuse.

— C'est Daikeno tout court, rétorqua le conseiller qui dissimulait mal un sourire derrière sa moue boudeuse.

— Vous partez chasser ? s'enquit Tendanô.

— Pas aujourd'hui, Votre Majesté. Nous devons régler un petit souci.

Il désigna quelque chose au-dessus de sa tête. Tendanô remarqua que la branche d'un chêne prenait un angle bizarre.

— Faut qu'on s'en occupe avant qu'elle ne tombe.

Ces maisons étaient l'objet d'une vigilance constante de la part de leurs propriétaires. Les ramures des arbres se développaient au-dessus et la chute de l'une d'elles pouvait avoir des conséquences dramatiques.

— Faites attention à vous alors.

Les trois hommes les saluèrent de la main tandis qu'ils poursuivirent leur route

De petits chemins de terre irréguliers reliaient les habitations. Seules celles construites à proximité de la rue principale pouvaient espérer recevoir un peu de lumière naturelle. Cela ne dérangeait pas les occupants qui s'absentaient durant la journée, que ce fût pour commercer dans le cœur de la capitale ou pour aller chasser et couper du bois.

Une odeur très forte s'en dégageait, conséquence de la présence de cadavres animaux et du travail des peaux. De là où il se trouvait, Tendanô distinguait les silhouettes des bassins semi-enterrés dans lesquels trempaient les pelleteries pendant plusieurs mois.

La mécanique était bien huilée. Les tanneurs récupéraient les fourrures auprès des chasseurs et ils fabriquaient leur tanin grâce au bois de chêne débité par les bûcherons. Melkyo était réputée pour ses cuirs. De fait, de nombreux quartiers étaient entièrement dédiés à ces trois corps de métiers.

Les maisons changeaient à mesure qu'ils avançaient dans la ville. Elles se faisaient plus visibles, plus grandes et plus hautes. Et surtout, beaucoup moins odorantes ! Le bois restait le matériau de construction prédominant pour l'ossature, mais les murs étaient en torchis. La richesse du propriétaire se voyait au nombre d'étages et à la surface au sol occupée. Tendanô, bien que roi, n'était pas le plus riche dans son propre pays, loin de là.

Plusieurs places coupaient la rue principale et servaient aux commerces. Afin d'éviter les accidents, les marchands avaient l'interdiction de s'établir trop près de la voie de circulation. La plupart des parvis commençaient à peine à se réveiller.

Quelques faetims se déplaçaient avec discrétion. Des lumiens installaient leurs étals. La ville accueillait aussi des Torims et des Cetians. La majorité d'entre eux venait des coins du pays où l'agriculture et l'élevage étaient possibles. Ils se rendaient une fois par mois à la capitale pour écouler leur surplus de production de laine et de produits céréaliers.

Au bout de la rue se dressait une immense bâtisse en pierre. En réalité, il s'agissait de trois édifices reliés les uns aux autres par des constructions de taille plus modeste. Le premier, situé à droite, accueillait une cour d'entraînement au rez-de-chaussée, une petite bibliothèque au premier et un amphithéâtre au second. Le deuxième immeuble, à gauche, abritait les cuisines et les réserves.

L'ouvrage du milieu concentrait l'essentiel du pouvoir. Tout le bas était réservé à l'accueil des visiteurs et des invités. Le premier étage servait d'ailleurs de quartiers pour ces derniers. Tout en haut se trouvaient la fameuse salle de réunion, le bureau de Tendanô et ceux de ses conseillers.

Une arche rocheuse marquait l'entrée du complexe. Il n'y avait pas de cour à proprement parler. Les bâtiments étaient accessibles par de petites routes qui serpentaient au milieu des arbres. La verdure adoucissait l'aspect brut et massif des édifices gris.

Les deux hommes empruntèrent la voie qui menait à l'une des constructions de liaison jouxtant la bâtisse principale. C'est là que se trouvaient les écuries. Tendanô entendit l'écho d'une discussion ainsi que le renâclement de chevaux. Il dut tirer sur les rênes de sa monture, laquelle cherchait à arriver au plus vite auprès de ses congénères.

Deux personnes étaient assises devant l'entrée des stalles. Ils déplaçaient chacun leur tour des pions sur une plaque en bois. Moins alertes que les lumiens, ils mirent plusieurs secondes pour se rendre compte de leur présence.

— Votre Majesté, Daikeno, content de vous revoir.

L'homme qui venait de parler était un cetian. Il étira ses bras et se leva. Ses jambes, couvertes de fourrure, ressemblaient à celles d'un âne. Il portait une tunique en lin de laquelle s'échappait l'extrémité d'une queue. Ses cheveux bruns, épais et longs, étaient rassemblés négligemment sur sa nuque.

Son camarade, lui, était un torim. D'une carrure proche de celle des lumiens, il avait une peau plus terreuse que la leur. Lui aussi avait attaché sa chevelure noire. L'éclat de ses yeux noisette montrait qu'il savait qui se trouvait devant eux, mais que cela ne l'impressionnait pas.

Tendanô aimait le côté hétéroclite de ce genre de rencontre. Beaucoup de choses les séparaient, mais il n'y avait aucune animosité entre eux.

Les Cetians faisaient partie des races dites secondaires. Ils ne manipulaient pas le Lien, mais étaient sensibles à leur environnement. Quant aux Torims, ils appartenaient aux races tertiaires, comme les Faetims. Leur rapport au Lien était donc plus faible, mais ils étaient attirés par l'un des quatre éléments. Le Feu pour les Faetims et la Terre pour les Torims.

— La lumière est à son paroxysme, mais vous avez déjà terminé votre journée ? s'enquit le roi.

Le torim se gratta la tête.

— C'est le fourrage qui n'a pas encore été livré, Sire. Ils ont une bonne heure de retard.

Tendanô se contracta.

— Vous n'avez eu aucune nouvelle ?

— Non, mais bon, on ne s'inquiète pas, ce n'est pas la première fois que ça arrive.

— D'accord.

Le lumien se détendit à peine. Lui et Daikeno confièrent leurs chevaux aux deux hommes. Après un dernier échange, ils grimpèrent les escaliers qui reliaient les écuries à la partie supérieure de l'immeuble. Ils traversèrent le long couloir qui menait au bâtiment central. Afin de ne pas déranger d'éventuels dormeurs, ils empruntèrent un autre escalier pour accéder directement à l'étage des bureaux.

Si les lieux paraissaient vides, l'ouïe de Tendanô ne le trompait pas. Sans compter les bougies neuves posées sur les étagères de bois et les fragrances récentes qui flottaient dans l'air.

Il fronça les sourcils. Les deux hommes s'arrêtèrent et observèrent un corridor plongé dans la pénombre. Un individu en sortit. Âgé d'une cinquantaine d'années, la noirceur de ses cheveux faisait ressortir une mèche blanche.

Ses yeux aux iris bleu gris au centre et bleu ciel sur le pourtour exprimaient la gravité et une certaine animosité. De bonne stature, il se tenait droit devant le roi, montrant qu'il ne respectait son autorité que par politesse.

Tous deux se jaugèrent pendant quelques secondes. L'individu n'était autre que Hashilo, l'opposant direct de Tendanô. Il n'avait jamais accepté de perdre le duel face à un jeunot ni le choix du peuple de ne pas le choisir comme souverain.

À côté d'eux, Daikeno rompit le silence, une grimace habillant son visage.

— Les nouvelles vont vite, à ce que je vois. Elles ont même atteint le vieux loup grincheux dans sa tanière.

Hashilo lui lança un regard noir qui n'impressionna pas le conseiller le moins du monde.

— Qu'avez-vous encore fait ? demanda l'homme qui regardait à nouveau Tendanô.

— Cela me semble évident, répondit ce dernier. Je suis venu en aide à un peuple ami.

— Vous ne pouvez pas vous empêcher de vous occuper de ce qui ne vous concerne pas. Les Ornésiens sont de grands garçons. Si Esdenorg est incompétent, c'est son problème, pas le nôtre.

Le roi se contenta de l'observer sans dire un mot. Hashilo continua son monologue.

— Cela fait des siècles que le feu couve entre eux et les Séliens. Cela a commencé bien avant votre naissance et la mienne, bien avant l'existence de nos races. Et cela se poursuivra bien après nous, surtout si des inconscients dans votre genre s'obstinent à intervenir. Nous sommes en bons termes avec les Séliens. Vous cherchez à vous les mettre à dos ?

— C'est intéressant que vous évoquiez le feu, nota Tendanô. Si vous avez fini de me faire la morale, je vous invite à nous suivre. Je n'ai rien contre le fait de recevoir des conseils, mais je les accepte seulement de personnes qui savent de quoi elles parlent.

Le visage de Hashilo vira cramoisi tandis que le rire étouffé de Daikeno se fit entendre. Le monarque et son ami reprirent leur marche, conscients du regard empli de colère contenue du troisième homme.

Mais la curiosité l'emporta sur sa rage et il suivit les deux comparses. Ils arrivèrent jusqu'à la salle de réunion. Tendanô reconnut à l'odeur la présence d'un invité bien particulier à l'intérieur. Surpris, il se demanda si Juniki avait appelé des renforts sans le consulter avant.

Il entra. Son cœur loupa un battement lorsqu'il croisa le regard de sa femme. Un sourire de soulagement magnifiait l'éclat des iris de cette dernière. D'un bleu très clair autour de la pupille, ils se fondaient en un bleu turquoise sur le pourtour.

Il résista à l'envie de l'attirer dans ses bras pour l'embrasser et respirer l'odeur de ses longs cheveux bruns. Elle portait une tunique, un pantalon et des bottes sombres. Simplicité et praticité étaient les maitres mots qu'elle affectionnait dès qu'il s'agissait de sa tenue vestimentaire.

Il glissa sa main dans la sienne. Leurs doigts se serrèrent à l'unisson.

Sans la lâcher, Tendanô fit le tour des personnes présentes. Toutes s'étaient déjà installées autour de la table en bois rouge rectangulaire. Yako, la chef des Gestionnaires, lui sourit. Son teint vira rouge lorsqu'elle posa son regard bleu et vert sur Daikeno, lequel lui adressa un clin d'œil. Elle détourna aussitôt le visage.

À elle la charge de veiller au bon fonctionnement économique interne du pays, ainsi que les échanges avec l'extérieur.

En face d'elle, près de la porte, se trouvait Washiro, le Responsable des Éleveurs. Les Éleveurs s'occupaient du dressage de loups destinés à accompagner certains Combattants. La plupart des Éleveurs vivaient dans les villages isolés, là où les animaux possédaient la place nécessaire pour se déplacer dans une liberté contrôlée.

La communication entre eux tous n'était pas un problème. Les loups étaient mis à contribution pour cette tache. Leur endurance et leur résistance leur permettaient de délivrer des messages avec efficacité.

Zenro, L'Entraîneur, était également présent. Il veillait à la bonne éducation des plus jeunes lumiens, que ce fût pour des matières générales comme la lecture, l'écriture et autres ou pour l'apprentissage de l'art du combat et l'utilisation du Lien. Zenro préparait le terrain pour Daikeno, qui gérait la puissance armée du pays.

Le Supérieur religieux, en déplacement, manquait à l'appel, mais Tendanô ne lui en tint pas vigueur. Il ne leur aurait pas été d'une grande aide.

Le roi fixa avec intensité la dernière personne assise en face de lui, à l'extrémité de la table. Joie et interrogation se succédèrent dans son esprit. L'homme en question posa sur lui un regard plein de sympathie. Ses yeux marron exprimaient leur plaisir d'être là et de le voir, mais aussi une certaine mélancolie.

CHAPITRE 6

Le feu qui brûlait dans la cheminée et qui servait d'éclairage et de chauffage renforçait les ombres de sa peau hâlée, accentuant ainsi son aspect de cuir fin. De fins fils argentés parsemaient sa chevelure châtaine. Il se tenait droit. Sa tenue se composait d'une longue tunique beige au large col sable. Actou, le roi de Silesia.

— Quel plaisir de vous revoir, mon ami, dit ce dernier en se levant pour saluer son homologue d'une poignée de main amicale.

— Le plaisir est partagé, Actou, répondit Tendanô. Je ne m'attendais pas du tout à votre présence ici. Vous a-t-on demandé de venir ?

— Assurément non, cher voisin. J'ai choisi de venir de ma propre initiative. Je me suis trouvé confronté à une situation désarmante. J'ai donc envoyé mon Caedor vous porter un message annonçant ma venue.

Le souverain lumien ne répondit rien, se contentant de gagner sa place. Hashilo et Daikeno l'imitèrent.

Intrigué, le roi lumien garda le silence. Plusieurs parchemins avaient été disposés sur la table, dont une carte d'Eldalarya déroulée. Il constata avec stupéfaction qu'en plus de divers pions placés sur la partie représentant Orsinaë, plusieurs lieux de Seranguia avaient été marqués de la même façon. Il fut saisi sur-le-champ par un mauvais pressentiment.

Hashilo posa lui-même la question qui lui brûlait les lèvres.

— Qu'est-ce que signifie tout cela ? Je croyais que nous étions là pour parler du cas de nos voisins du nord.

Actou croisa ses mains sur la table et ferma les yeux.

— J'ai reçu, il y a peu, un message de Behalem, le roi de Seranguia. Son pays a été victime d'attaques rapides et violentes.

— En savez-vous plus ? demanda Tendanô qui s'était redressé sur son fauteuil.

— Oui, j'ai pas mal de détails, Behalem a affirmé dans sa lettre que les survivants avaient apporté des témoignages concordants. Nous avons même l'identité des agresseurs, même si de nombreuses parts d'ombres subsistent.

— Qui sont-ils ?

— Eh bien, hésita Actou. Il a été confirmé que des Féliens se trouvaient sur le lieu de chaque attaque.

Le roi lumien garda le silence. À voir la réaction de Daikeno, il sut que son ami pensait la même chose que lui. La coïncidence était un peu trop grosse. Les certitudes de la faetim se vérifiaient.

— Des Féliens ? s'étonna Hashilo. Voilà un moment qu'ils n'avaient pas fait parler d'eux, ceux-là. Je les aurais crus disparus à force de s'entretuer. Cela dit, ce n'est pas la première fois qu'ils s'en prennent aux Séraniens et ces derniers n'ont jamais eu besoin d'aide pour les repousser.

— Il n'y a pas de doute quant à leur identité, poursuivit le silésien. Ce sont des gens reconnaissables. Mais si venant d'eux ce comportement belliqueux n'est pas étonnant, il y a beaucoup de choses étranges dans ces agressions.

— C'est-à-dire ? demanda le monarque lumien.

— Nous savons tous que les Féliens sont des individus plus qu'égoïstes. Ils ne se supportent même pas entre eux. Pourtant, ces différents assauts ne sont pas l'œuvre d'un être isolé. Ils ont attaqué en groupe.

Tendanô fit signe à son meilleur ami de ne rien dire. Daikeno obéit, non sans un voile de frustration sur le visage. Chaque chose en son temps. Mais cela n'empêcha pas son propre esprit de tourner à plein régime.

— Des Féliens qui collaborent ? s'inquiéta Zenro. Mais comment est-ce possible ?

— Je l'ignore, soupira Actou.

— Ciblaient-ils des groupes en particulier ?

— De ce que j'ai compris, les nomades ont été les principales victimes.

— Des groupes isolés donc, conclut l'Entraîneur. Bien que réunis, ils n'étaient sans doute pas assez en confiance pour s'en prendre à des villes plus importantes.

— Ce n'est pas tout, souffla le roi silésien. D'après certains rapports, nombre de victimes affirment avoir été agressées... par d'autres Seraniens.

Tendanô demeura bouche bée. Il ne s'attendait pas à une telle information. À en juger par le lourd silence de la petite assemblée, il n'était pas le seul. Si elle s'avérait exacte, cela compliquait les choses. Les Féliens agissant de concert étaient déjà un problème en soi. Mais l'implication de Séraniens était encore plus inquiétante.

Est-ce ce qui a aidé les Féliens à se rendre jusqu'en Orsinaë ?

Cela se tenait. Depuis des siècles, les Séraniens faisaient office de garde-fous. Leurs connaissances, leur organisation et leur maîtrise du Lien de l'Eau leur avaient toujours permis de repousser les incursions féliennes avec facilité.

— Les témoignages sont-ils sérieux ? se questionna Daikeno.

— Oui, ils ont été vérifiés. Et ils ne viennent pas d'un lieu en particulier, cela concerne plusieurs endroits. Behalem pensait pouvoir gérer une bande de féliens seul, même organisés. Mais en voyant que des membres de son propre peuple faisaient partie des coupables, il s'est tourné vers nous.

— Nous avons également reçu une demande d'aide de Seranguia, Juniki en montrant à son mari l'un des parchemins posés sur la table. J'attendais ton retour pour pouvoir t'en parler.

Le monarque lumien s'empara du rouleau et le parcourut en diagonale. Non loin, son meilleur ami poursuivit son questionnement.

— Autant je pourrais comprendre que les Féliens fassent cela juste pour le plaisir, c'est une raison valable pour eux. Mais ces Seraniens ? Pourquoi attaquer leurs propres congénères ? Y a-t-il autre chose ?

— Je n'en sais pas beaucoup plus. Rien n'a été revendiqué.

— Ni Lumpiaë ni Silesia n'ont été victimes de quoi que ce soit, intervint Hashilo. Nous sommes là à parler de deux pays censés compter parmi les plus puissants d'Eldalarya. Je ne vous comprendrais jamais, tous les deux. Cela va nous attirer des ennuis.

Il se moque de nous ? N'a-t-il donc pas conscience de ce que cela implique ?

— Certaines personnes ont à cœur l'intérêt des autres peuples, siffla Daikeno. Vous n'avez qu'à partir, si leur sort vous importe peu.

— Allons, Messieurs, intervint Actou. Nous avons des choses plus importantes à traiter. D'ailleurs, à mesure que je vous exposais ce que je savais, j'ai senti grandir la certitude de l'existence d'un lien entre ce qu'il se passe en Orsinaë en Seranguia. Inutile d'être très physionomiste en voyant la tête que vous tiriez tous les deux.

Son regard alla de Tendanô à Daikeno.

— Votre épouse m'a expliqué les grandes lignes. Elle m'a aussi appris que vous aviez demandé que la protection de Lumpiaë soit augmentée. Qu'avez-vous découvert pour que mes paroles suscitent une telle réaction chez vous et votre conseiller ?

Ce fut au tour de Tendanô de fermer les yeux.

— Daikeno et moi avons vu des blessés, dont un qui a témoigné en notre présence. Tous portaient des brûlures importantes. Nous avons également pu examiner d'un peu plus près des cadavres qui présentaient les mêmes lésions et certains qui avaient eu la gorge tranchée.

« Malgré tout cela, nous n'avons pas pu renseigner Esdenorg sur les responsables. La reine Ingilad a alors reçu un message d'une vieille faetim.

— Une faetim, vraiment ? s'étonna Actou. Ce n'est pourtant pas dans leurs habitudes.

— En effet, acquiesça Tendanô. Elle nous a expliqué que pour elle, les agresseurs n'étaient autres que des Féliens.

Le roi silésien écarquilla les yeux.

— Je comprends votre attitude lorsque j'ai prononcé leur nom. Était-elle sûre d'elle ?

— Oui, répondit le monarque lumien. Elle a semble-t-il accordé beaucoup d'attention aux informations qui lui parvenaient. Des villages isolés ont été attaqués, mis à feu et à sang. Des habitants ont été brûlés, d'autres égorgés. Aucune revendication, aucun prisonnier. Pour elle, cela ne pouvait être que l'œuvre des Féliens.

— Et qu'avez-vous pensé de son hypothèse ? interrogea le silésien.

— Sur le moment, nous étions sceptiques. Que les Féliens se rendent en Orsinaë n'avait pas de sens.

— Mais maintenant, cela ne vous semble plus autant impossible.

Le roi Actou prit son menton dans une main.

— Ils maitrisent le Lien du feu et en tant que race primaire, ils sont en mesure de tenir tête aux Ornésiens. Pris à part, les événements d'Orsinaë laissent la place aux doutes. Mais si on les relie à ce qu'il se passe en Seranguia, les pièces se mettent en place.

— Ce n'est pas bon du tout, s'inquiéta Daikeno.

— Par contre, quel est le rapport avec les Séraniens ? s'interrogea Juniki.

— Bonne question, opina le silésien.

— Seul Behalem peut nous répondre. Concentrons-nous sur le problème des Féliens. Nous pouvons sans doute aider les rois de Seranguia et d'Orsinaë sur ce point.

— Vous comptez envoyer certains de nos hommes là-bas ? demanda Hashilo.

— C'est ce que nous avons proposé au roi Esdenorg, renseigna Daikeno.

— Et ça ne vous gêne pas de mettre des vies en jeu ? J'ai l'impression que renforcer nos défenses est l'unique action intelligente que vous ayez faite pour le moment.

— Mais est-ce que vous allez vous taire ?

Tous les regards se posèrent sur Juniki. La reine fixait Hashilo, la mine sévère. Tendanô ne put retenir un sourire. Elle avait toujours eu une patience moins développée que la sienne.

— Vous savez faire autre chose que vous plaindre ? Vous n'avez rien apporté de constructif à ce début de réunion. Vous écoutez, mais seules des jérémiades sortent de votre bouche. Des traités d'alliance unissent Lumpiaë à Orsinaë et Seranguia. Vous connaissez ce mot ? Alliance. Ce sont des pays amis, nous agissons en tant que tel. Si cela ne vous plait pas, vous pouvez partir.

Le silence tomba. Daikeno posa ses doigts sur ses lèvres pour ne pas rire. Hashilo se leva, l'air fier.

— Être fille et femme de roi ne vous réussit pas, Juniki. Ne venez pas vous plaindre si les choses se retournent contre nous.

La lumienne fulmina. Tendanô serra plus fort sa main pour la calmer tandis que son opposant sortit de la pièce.

— Un jour je l'écraserais sous des tonnes de terre.

Le souverain embrassa ses doigts.

— Appelle-moi ce jour-là, rit Daikeno. Je ne louperais ça pour rien au monde.

Chacun y alla de son petit commentaire jusqu'à l'intervention de Tendanô.

— Revenons à quelque chose de plus sérieux.

— Oui, approuva Actou. Vous prévoyez donc envoyer du soutien à Esdenorg ?

— Si cela est possible, indiqua Daikeno. Dans l'idéal, j'aimerais rassembler une centaine d'hommes.

— Je pense qu'on peut mobiliser un tel nombre, intervint Yako. Tout dépend où vous voulez les prendre. Si nous les réquisitionnons ici, à Melkyo, le compte sera vite bon.

« Mais c'est sans compter la distance qu'ils auront à parcourir. Si vous souhaitez qu'ils arrivent rapidement, nous devons faciliter leur voyage et fournir des vivres en conséquence. Le problème, c'est que nous sommes à flux tendus pour ce qui est des ressources à mettre à leur disposition.

— Je ne suis pas convaincu que ça soit une bonne idée, de toute façon, lança Zenro.

— Une centaine de Combattants ne me semble pas déraisonnable, insista Daikeno.

— Je faisais allusion au fait de les mobiliser dans la capitale. Faut-il alerter la population que nous envoyons certains de nos hommes dans des pays où il y a eu des milliers de morts ces dernières semaines ?

— Tu marques un point, admit Tendanô. Je ne souhaite pas, pour le moment en tout cas, entretenir une psychose. Choisissons plutôt parmi les Combattants qui vivent près de la frontière. Sans compter qu'ils arriveront plus vite, même en comptant le délai de transmission des messages.

— Il serait peut-être judicieux d'engager des soldats qui possèdent des loups, proposa Washiro qui s'exprimait pour la première fois. Aussi bons soient nos sens, ils ne sont pas exempts de faiblesse. Nos animaux pourraient les combler.

— Supporteraient-ils le climat plus froid d'Orsinaë ?

— Oui, tant qu'on ne les emmène pas dans les Terres Glacées Éternelles. Qui plus est, ils sont capables de se nourrir seuls dans la forêt. La plupart servent de compagnons de chasse, d'ailleurs.

— Ça me semble correct, approuva Tendanô. Qu'en penses-tu, Daikeno ?

— Pour moi, c'est parfait. Et que fait-on pour Seranguia ?

— C'est là où j'interviens, annonça Actou. Je vais moi aussi proposer d'envoyer des hommes pour défendre les populations. Par contre, il faut que vous me permettiez d'utiliser vos oiseaux messagers pour communiquer avec mon pays et avec Behalem.

— Je vous y autorise. J'ose espérer que nous en aurons assez, car je compte entretenir une correspondance régulière avec mes hommes et avec Esdenorg pour être tenu au courant de l'évolution de la situation. »

Il marqua une pause.

— Pensez-vous que nous devrions contacter les dirigeants des pays frontaliers ?

— Ceux de Deïlya et d'Aguilerya ?

— Oui.

Actou réfléchit.

— Il le faut. C'est d'ailleurs étonnant que les Féliens ne s'en soient pas pris à Deïlya dont la puissance militaire est limitée et qui se trouve à la frontière ouest de Féliathe.

— Maintenant que vous le dites, c'est vrai que c'est étrange. Cela risque de se produire à tout moment. Raison de plus pour les prévenir.

— Je m'occupe d'Aguilerya.

Tendanô regarda Daikeno, stupéfait.

— Qu'est-ce que tu dis ?

— Je me charge des Aguiens. Leur pays se situe dans une position stratégique, partageant une frontière avec Orsinaë et Seranguia. Ce sont de bons guerriers, mais aussi des têtes de mule arrogantes. Ils n'auront que faire d'un messager quelconque. Mais si tu leur envoies l'un de tes conseillers en personne, ça flattera peut-être leur égo.

— Je ne peux pas te laisser y aller. Tu es le chef des Combattants, ton rôle est de gérer l'aspect militaire.

— Je peux me charger du recrutement dès maintenant avec l'aide de Zenro. Il pourra mener la barque jusqu'à mon retour.

— Un mois, Daikeno. Ça va te prendre un mois pour faire l'aller-retour. Les oiseaux arriveront plus vite. Je peux utiliser mon Caedor.

— Tu peux, en effet, mais tu n'auras pas la moindre réponse.

Le roi lumien soupira. Son camarade n'avait pas toujours conscience qu'il était aussi têtu que les Aguiens. Tendanô pesa le pour et le contre en soutenant le regard de Daikeno.

— Nous n'avons pas le temps de tergiverser et tu le sais, renchérit son ami. À l'heure où nous parlons, les Féliens font peut-être des allers-retours entre Orsinaë et Seranguia. Tu me connais. Je ne me proposerais pas moi-même si je n'étais pas sûr de mon coup.

Le silence se fit dans la salle. Tous observaient la scène, attendant la réponse de souverain.

— D'accord. Fais ce que tu as à faire et pars dès que tu le peux. Mais ne t'avise pas de faire de l'excès de zèle avec les Aguiens.

Le lumien le remercia d'un sourire entendu.

J'espère pour toi que tu sais ce que tu fais.

CHAPITRE 7

Lumpiaë, An 4503, dix-neuvième jour de Leydamadë.

Le contact de la plume sur le parchemin accompagnait les rayons de lumière ternes qui pénétraient dans la pièce par la fenêtre. Ses yeux rivés sur ses écrits, la main souple, il tenta d'ignorer les clameurs de la ville. Autre chose mobilisait sa concentration.

Tendanô et Daikeno étaient revenus d'Orsinaë depuis bientôt deux semaines. Son meilleur ami était reparti presque aussitôt pour Aguilerya. Il n'avait toujours pas donné signe de vie. Il approchait sans doute du Rocher ou venait d'y arriver. Le roi devait encore patienter.

L'effervescence régnait dans le bâtiment. Ses conseillers ne ménageaient pas leurs efforts. Zenro remplissait à merveille son rôle de remplaçant de Daikeno tout en assurant ses propres fonctions. Ils avaient pu envoyer du renfort à Esdenorg. D'après les dernières missives reçues par son homologue ornésien, aucun n'avait eu à faire face à l'ennemi.

Les choses semblaient s'être calmées. Le nombre d'attaques recensées avait diminué. Presque comme s'il ne s'était rien passé. Les Combattants assistaient les soldats ornésiens pour rechercher les Féliens. Peut-être que ces derniers avaient eu vent de l'arrivée de ces effectifs et préféraient rester discrets.

D'après Actou, la situation en Seranguia suivait une voie similaire, bien que la tension fût plus vivace du fait de l'implication de séraniens. C'était un point que le roi silésien n'avait pas encore osé éclaircir par message interposé avec Behalem. Il ne voulait pas s'imposer dans la gouvernance d'un autre pays.

Tendanô abandonna la poursuite de sa missive et se leva. Il se dirigea avec calme vers la fenêtre et s'y accouda. Dans le ciel, les lueurs de Leydane brillaient d'un doux éclat. La fin de l'après-midi approchait. La luminosité était faible.

— Tu m'as l'air bien songeur.

Le roi se retourna et adressa un sourire à sa femme. Juniki s'était appuyée contre l'encadrement de la porte, les bras croisés. Il tendit une main dans sa direction. Elle le rejoignit et vint se blottir dans ses bras. Ils échangèrent un baiser qui éveilla les sens de Tendanô. Ils avaient passé trop peu de moments à deux ces derniers temps.

— Tu t'inquiètes pour Daikeno ?

Il embrassa son front et entreprit de caresser ses cheveux.

— Un peu. Je suis inquiet aussi pour tout le reste. C'est devenu trop calme. Je n'aime pas cela.

— Qui sait, les Féliens se sont peut-être lassés ?

— Tu ne penses pas ce que tu dis. Et quand bien même, il faut régler cette histoire. Nous ne pouvons pas laisser leurs crimes impunis. Pendant des siècles, ils se sont contentés de rapides incursions. Cela ne posait pas de problème, car elles étaient désordonnées et vite réprimées. Mais s'ils ont enfin compris que l'union fait la force, nous allons au-devant de gros ennuis.

— Je sais. C'est ce que mon père disait d'eux quand j'étais petite.

Le lumien s'approcha d'elle. Il passa ses bras autour de sa taille et la serra contre lui. À son tour, elle caressa ses cheveux. Ils demeurèrent ainsi pendant de longues secondes. Les battements du cœur de sa femme résonnaient comme une douce et apaisante musique. Il enfouit son visage dans son cou et entreprit de l'embrasser.

— Oh non, mon amour, pas de ça maintenant.

— Quoi, tu as peur que quelqu'un rentre à l'improviste ? la taquina-t-il.

Elle déposa un baiser sur ses lèvres.

— Elles veulent te voir. Tu n'as pas pu être souvent avec elles ces derniers temps.

— Avec toi non plus.

— Tendanô ?

— J'ai compris.

Les lèvres de la jeune femme s'étirèrent en un sourire, puis elle descendit de la table.

Ils quittèrent le bureau, puis empruntèrent l'escalier principal. Les marches de bois grincèrent à leur passage. Ils ne se rendirent pas dans le hall d'accueil. Le couple emprunta un petit couloir sombre, lequel menait à une unique porte.

Celle-ci donnait sur l'arrière de l'édifice. Un chemin pavé serpentait au milieu des arbres. Il conduisait à une maison, la seule à pouvoir être définie comme isolée dans cette ville. C'est là que résidaient Tendanô et les siens.

Depuis des siècles, cette demeure bien entretenue accueillait la famille régnante. Juniki était la fille du précédent souverain de Lumpiaë. Elle avait toujours vécu ici. Son père habitait d'ailleurs avec eux.

La bâtisse ne comptait pas d'étage. En Lumpiaë, le roi et ses proches devaient faire preuve d'humilité. C'était le peuple qui, *in fine*, décidait de qui le gouvernait. Un monarque serait donc mal vu s'il cherchait à s'imposer au détriment de ses sujets.

La maison était toutefois assez confortable. Elle possédait plusieurs pièces et chacun pouvait s'isoler quand il le souhaitait. Bien qu'elles pussent avoir chacune leur propre chambre, ses filles partageaient le même lit. Du haut de ses trois ans, sa cadette, Deliki, était sujette à des terreurs nocturnes que la présence de son aînée, Elina, cinq ans, apaisait.

Des rires cristallins traversaient les murs, réchauffant le cœur du monarque. Il sentit la douceur du foyer caresser son visage lorsque sa femme ouvrit la porte. Son regard se posa sur les deux autres merveilles de sa vie.

Assises par terre, les deux fillettes jouaient avec quatre petits louveteaux. La mère de ces derniers, une louve blanche du nom de Leytana allongée près de la cheminée, surveillait ses rejetons d'un œil. Installé près d'elle, observant le jeu, Danko fumait sa pipe en se balançant sur son fauteuil.

Malgré son âge, il n'avait rien perdu de sa carrure massive. Ses cheveux tendaient davantage sur le gris que le brun, mais une étincelle brillait toujours dans le fond de son regard bleu, bleu ciel

— Papa, combien de fois t'ai-je demandé de ne pas fumer ici ? s'énerva Juniki. L'odeur m'insupporte.

La réponse ne put être entendue. Les deux enfants, apercevant leurs parents, mais surtout leur père, se levèrent d'un bond et se jetèrent dans ses bras. Tendanô, ne se laissant pas intimider par ce débordement d'amour, les attrapa toutes les deux et les souleva sans aucun effort.

À ces pieds, les petits loups s'étaient attaqués aux boucles argentées de ses bottes de cuir noir, mais leur mère vint les faire cesser. La cacophonie s'imposa dans la pièce, avec les babillages des petites d'un côté et le couinement des louveteaux de l'autre.

Les adultes durent attendre que tout ce beau monde se calmât pour pouvoir converser. Faisant fi de son rang, Tendanô s'installa à terre, une de ses filles sur chaque cuisse. La plus jeune, Deliki, posa ses grands yeux verts sur lui. Leurs iris ne comptaient encore qu'une seule couleur.

— Tu sais, papa, ce matin, un des petits bébés m'a mordu la main. J'ai même pas pleuré !

— Bravo, tu as été très courageuse.

— Papa, j'aimerais vraiment que tu éteignes cette pipe.

Tendanô jeta un coup d'œil amusé à sa femme et à son beau-père. Cette conversation revenait souvent entre eux deux, le père et la fille étant aussi bornés l'un que l'autre.

— Mais tu vas me lâcher ? Je fume depuis bien avant ta naissance, ce qui remonte à très loin.

— Papa !

La pique fit mouche, comme à chaque fois que Danko taquinait sa fille. Le vieux lumien éclata de rire.

— Non mais on aura tout vu. Prends garde, Tendanô. Un jour, elle te provoquera en duel et demandera à être roi à ta place.

— Il n'a pas à s'inquiéter pour cela, je suis très bien dans mon rôle de reine. Je suis au même niveau que lui, mais sans tous les inconvénients.

— Dans ce cas, dit Tendanô, peut-être que je peux envisager de te déléguer certaines de mes tâches.

Elle le gratifia d'une grimace puis se tourna vers ses filles.

— Et si nous allions profiter du spectacle de la lumière déclinante, dehors ?

De nouveau, le brouhaha s'installa dans la demeure. Les aboiements lupins répondirent à l'excitation des fillettes. Ces dernières ne prirent pas la peine d'enfiler quelque chose de plus chaud. Avant même que leurs parents ne pussent réagir, elles avaient foncé à l'extérieur, les louveteaux sur leurs pas.

La mère de famille leva les yeux au ciel tandis que son paternel éclata de rire, glissant au passage qu'elle devait se détendre un peu et laissait les enfants remuer en liberté. Tendanô se redressa pour les suivre et sentit quelque chose d'humide et froid toucher sa paume.

Il offrit à Leytana plusieurs caresses attentionnées sur la tête. La bête affichait un caractère calme. Aucun des petits n'avait l'air d'en avoir hérité. Même leur fourrure, tantôt grise, tantôt noire, appartenait à leur père biologique. Dans un souci de hiérarchie, ce dernier était resté avec la meute qui vivait dans la forêt avoisinante.

La logique aurait voulu que ce soit ce mâle qui veilla à la protection de sa femelle et de ses rejetons. Mais Tendanô s'était occupé de la louve depuis sa naissance et quand elle avait fait comprendre qu'elle souhaitait mettre bas dans le foyer qui l'avait vue grandir, il ne s'était pas senti de refuser. Il savait cependant que lorsque les petits seraient plus vieux, tous, y compris Leytana, iraient retrouver la meute.

Dehors, la luminosité avait encore décliné. Deliki courait au milieu de la petite cour, heureuse de pouvoir se dégourdir les jambes avant le repas du soir. Elina se contentait d'observer le ciel de ses yeux bleus. Tendanô suivit son regard. Les arbres offraient un aperçu de la voûte céleste. La lueur blanc rosée de la Déesse-Souveraine Louve s'intensifiait.

Le monarque s'approcha de son aînée et s'accroupit pour se mettre à sa hauteur.

— J'adore voir ça. Quand les couleurs de la Déesse apparaissent dans le ciel, j'ai l'impression qu'elle est à côté de moi.

— J'aime bien aussi, papa.

Puis elle lui tourna le dos. Elle cherchait un meilleur angle de vue.

— Quand je serais plus grande, j'irais partout sur Eldalarya pour observer les lueurs du ciel.

Le roi sourit, satisfait de l'intérêt grandissant de sa fille pour le reste du monde.

Tout à coup, une sensation désagréable l'envahit. Il mit ses sens en alerte. Se redressa lentement. Quelque chose clochait. Une impression de danger tendit ses muscles. Il sentit un trouble similaire grandir chez sa femme et son beau-père. Des fourmillements irritèrent le bout de ses doigts.

Il n'y avait aucun bruit. Plus aucun piaillement d'oiseau. Plus aucun déplacement d'animaux. Leytana grogna. Ses petits jappèrent et se réfugièrent sous elle. Un hurlement. Puis un second. En quelques instants, des dizaines de complaintes aiguës percèrent le crépuscule de Lumpiaë. Des loups. Tendanô sursauta lorsque sa louve les imita.

— Maman ?

Tendanô se rappela la présence de ses filles. Deliki s'accrochait à la tunique de sa sœur. Toutes deux avaient des larmes dans les yeux, pétrifiées par la peur.

— Juniki, rentre-les, ordonna Danko.

La reine acquiesça, sans rien dire. L'ordre de son père était sans appel. Sa voix était devenue plus grave. Tendanô la sentit résonner dans ses os. Un déferlement de puissance que son instinct voulait combattre pour assurer sa propre domination. Son esprit commençait à se dissiper pour laisser la place à quelque chose de plus primal.

— Concentre-toi, Tendanô.

Quelques mots, qui le ramenèrent à la réalité. Son inconscient avait bien failli l'avoir, coupant sa capacité de raisonnement, cherchant à associer cette alerte et la présence de son beau-père, ancien meneur d'hommes.

— Quelque chose approche.

Le roi scruta les sous-bois. Son ouïe se fit plus attentive pour passer outre les hurlements des loups. La capitale était sur le qui-vive. Sous ses semelles, la terre renvoyait l'écho des cœurs des milliers d'habitants. Ils attendaient.

Un son lourd et répétitif parasita ses pensées. Des bottes sur un sol en bois, puis en pierre. Une porte ouverte à toute volée. Les deux lumiens se tournèrent de concert vers le chemin. Une ombre se dessina, se rapprocha. Un homme, haletant. Zenro.

— Les cieux ! cria-t-il.

Il n'eut pas le temps d'être plus précis. Quelque chose passa au-dessus d'eux, accompagné d'un bruissement d'ailes étouffé. La forme plongea dans les arbres. Des cris aigus, différents de ceux des loups, se firent entendre.

— Ça vient de la volière, conclut l'Entraîneur. Ça s'apparentait à un gros oiseau. Mais ça n'explique pas la réaction des loups.

— Ce n'est pas un oiseau, déclara Danko.

Sa voix avait repris sa tonalité habituelle. Il regarda Tendanô droit dans les yeux.

— C'est un Aguien.

Le sang du roi ne fit qu'un tour. Cela ne ressemblait pas aux Aguiens de se rendre ainsi dans un autre pays. Ils préféraient rester entre eux et quand une rencontre avec l'extérieur s'avérait nécessaire, elle se faisait toujours sur leur initiative.

Daikeno.

— Zenro, va prévenir Actou, qu'il me rejoigne là-bas. Il doit se trouver dans ses appartements, dans les quartiers des invités. Et fais passer le message en ville qu'il s'agissait d'une fausse alerte.

— Tout de suite, Votre Majesté.

CHAPITRE 8

Tendanô quitta les deux hommes et se dirigea vers la volière. L'adrénaline continuait d'alimenter ses muscles ; il courut. Son esprit bouillonna sous les réflexions. Il s'interrogea sur l'arrivée à l'improviste de cet aguien. Son apparition sans annonce préalable laissait une saveur amère dans la bouche. Un sentiment d'empressement dont le souverain ne parvenait pas à se défaire.

Cette impression le mettait d'autant plus mal à l'aise que l'étranger venait du pays dans lequel il avait autorisé son meilleur ami à partir. Pourquoi cet homme – ou cette femme – était ici et pas Daikeno ?

L'obscurité régnait dans les sous-bois, mais ses sens lui permirent de s'orienter sans erreur. L'agitation des volatiles propageait encore son écho.

Il aperçut une faible luminosité, puis déboucha sur une clairière.

Ce genre d'espace était rare dans cette forêt. Il devenait le lieu idéal pour le décollage et l'atterrissage des oiseaux messagers. À sa droite s'élevait la petite maison qui servait d'abri aux soigneurs. C'est ici qu'ils réceptionnaient les messages, en envoyaient, veillaient au bien-être des volatiles. Là se trouvait la seule source de lumière.

De part et d'autre se dressaient deux hautes cages en bois. Elles se fondaient dans les arbres afin de permettre à la dizaine de pigeons et aux quelques aigles d'avoir un espace bien à eux, où ils pouvaient construire leurs nids. Les animaux agités donnaient des coups de bec.

Le roi vit du mouvement sur sa gauche. Une autre structure se trouvait là. De forme plus ou moins sphérique, posée à même le sol, elle était constituée de branchages, de plumes et de fougères. Un simple trou marquait l'entrée. Une silhouette se déplaçait avec maladresse devant, poussant de petits cris.

Il s'agissait de son Caedor et la construction était son nid. Le Caedor était un oiseau fameux à l'allure d'un aigle, mais beaucoup plus majestueux que celui-ci. Les contours de son corps paraissaient tantôt nets, tantôt flous. Le rapace possédait cette particularité de passer d'un état tangible à un état semi-tangible par intermittence.

La lumière faisait ressortir les couleurs vives de son plumage. L'or de ses ailes laissait graduellement la place à un bleu saphir qui s'étendait sur le reste de son anatomie. Le jaune de ses yeux n'en était que plus intense.

Cet animal rare, aussi grand que Tendanô, était très puissant et très rapide. La plupart de ses quelques représentants demeuraient en Aguilerya. Toutefois, le roi aguien, en signe de politesse plus que de réelle amitié, avait offert quelques-uns de ces précieux oiseaux à d'autres dirigeants, à la seule condition de choyer les rapaces et de les utiliser qu'en cas de force majeure.

L'animal fixait le sol. Le lumien observa les lieux jusqu'à ce qu'il repérât une masse sombre. Il s'approcha avec douceur, sans se préoccuper des deux soigneurs qui regardaient la scène, immobiles, encore abasourdis par ce qu'il venait de se passer.

Le Caedor donna des petits coups de tête et posa ses yeux sur son propriétaire. Tendanô leva les mains pour lui montrer qu'il ne voulait pas de mal à l'individu. L'oiseau ne broncha pas et le laissa faire. Assuré qu'il se tiendrait tranquille, le souverain reporta son attention sur l'aguien.

De longues ailes blanches émergeaient de son dos, aussi grandes que leur possesseur. Elles étaient posées mollement sur le sol herbeux. Le roi ne vit rien qui put faire penser qu'elles avaient été abîmées durant l'atterrissage brutal, mais il n'était pas un connaisseur.

La sueur collait les courts cheveux châtains de l'individu à son front. Une poussière fine ternissait le beige et le vert foncé de ses vêtements qu'il portait près du corps. Un carquois vidé de ses flèches pendait à son torse ; Tendanô ne repéra pas d'arc.

Il s'agenouilla pour l'examiner de plus près. L'aguien était inconscient. Des spasmes musculaires agitaient ses mains et ses pieds nus. Ses doigts et ses orteils, dont la peau épaisse, les ongles acérés et l'aspect général rappelaient vaguement des serres, étaient recroquevillés.

Il a puisé dans ses dernières ressources pour venir ici.

Un son en hauteur, suivi du bruit d'une chute, l'interrompit dans son inspection. Les oiseaux reprirent leurs protestations de plus belle et le Caedor se réfugia dans son nid. Sa tête apparut quelques instants plus tard.

— Un Aguien ?

Tendanô opina du chef à l'intention de nouvel arrivant. Actou s'accroupit à ses côtés. Il apposa sa main sur le front de l'homme. Ce dernier remua à peine. Sa respiration, courte, se fit sifflante. Le lumien remarqua ses lèvres gercées. Il avait sûrement minimisé ses arrêts.

Il voulait arriver le plus vite possible.

Le souverain serra les poings. Une onde glacée le parcourut. Il se tourna vers les deux soigneurs.

— Que l'un de vous m'apporte de l'eau et que l'autre aille me chercher un médecin.

— À vos ordres, Votre Majesté.

Tandis que le premier s'en fut vers la ville, le second pénétra dans la maison. Il en sortit quelques secondes plus tard, un verre en terre cuite dans la main. Tendanô versa un peu de liquide sur les lèvres de l'aguien pour les humecter.

Des pas précipités parvinrent jusqu'à eux. Zenro lâcha un juron en voyant leur mystérieux visiteur.

— J'ai un mauvais pressentiment. Ce n'est tellement pas habituel. Pas étonnant que tous les loups du pays aient hurlé après Leydane. Est-il blessé ?

— Je n'en sais rien. J'ai envoyé quérir un médecin.

— Je n'aime pas ça non plus, murmura Actou. Je n'ose pas me demander pourquoi il est là, de peur de déjà connaitre la réponse.

Moi aussi.

Le premier soigneur fit son apparition quelques minutes plus tard, accompagné d'un autre lumien. Tous trois s'écartèrent pour lui laisser le champ libre. D'une main experte, il palpa les membres de l'aguien afin de déceler d'éventuelles fractures. Il termina avec ses ailes, dont il dégagea chaque plume avec attention.

— Il est épuisé, mais je ne vois rien de grave.

— Nous pouvons le déplacer ? demanda Tendanô.

L'homme prit quelques instants pour réfléchir.

— Oui, mais avec douceur. Il va mettre du temps pour se réveiller, son corps a besoin de repos. Je peux le veiller, si vous le souhaitez.

— Ça ne sera pas nécessaire, dit Tendanô. Je m'en occupe.

— Comme vous le voulez, Votre Majesté. Mais prévenez-moi quand il reviendra à lui.

— Ça sera fait.

Le médecin parti, le roi lumien entreprit de porter l'aguien. Actou et Zenro se chargèrent de tenir ses ailes. Les soigneurs dégagèrent une paillasse à l'intérieur de la maison. Ils couchèrent l'individu sur le côté.

— Je reste avec vous, annonça Actou.

— Moi de même, renchérit l'Entraîneur.

— Non, nous serons déjà bien assez nombreux. Zenro, préviens ma femme. Va voir aussi qui de droit. J'aurais besoin de tout le monde dans les prochaines heures. Ensuite, rentre chez toi.

— Très bien, Votre Majesté.

Zenro les salua et sortit. Les soigneurs partirent rassurer leurs protégés à plumes. Les deux monarques s'assirent et patientèrent, les yeux rivés sur l'homme étendu.

Tendanô posa son menton sur ses poings fermés et s'exhorta mentalement à la patience. Il lui répugnait de devoir attendre. Il n'avait aucun doute qu'une fois réveillé, l'aguien leur apprendrait une mauvaise nouvelle. Il ne pouvait qu'espérer que celle-ci ne fût pas pire que tout. La nausée le gagna.

— Vous vous inquiétez pour votre ami ?

— Oui, mais pas que. Je sais ce que cet homme nous dira. Aguilerya se situe entre Orsinaë et Seranguia. Que son pays soit attaqué devait être une question de temps, j'imagine. Et je ne peux pas m'empêcher de me demander à qui ce sera le tour, après.

Un seul détail rassurait un peu Tendanô. Les loups avaient réagi à la présence d'un étranger. Ils feraient de même pour des Féliens qui n'avaient jamais mis les pieds ici. Mais que devenaient les frontaliers ? Les villageois isolés ? L'ignorance les prendrait par surprise, tout comme elle l'avait fait pour les ornésiens. Il serra le poing. Les événements leur échappaient, les ennemis semblant agir plus vite qu'eux.

Détends-toi. Une chose à la fois.

Sa respiration reprit un rythme plus régulier à mesure qu'il calmât sa frustration. L'impatience ne servait à rien dans une telle situation. Il pouvait au contraire espérer que ce trait de caractère dont les

Féliens paraissaient pourvus joue contre eux. Ils avaient pris énormément confiance, profitant certainement de l'effet de surprise.

L'aguien dormit jusqu'au lever du jour. Les soigneurs avaient relayé Tendanô et Actou pour leur permettre de prendre un peu de repos. Lorsque le monarque ouvrit les yeux, la luminosité était vive à l'extérieur. Elle lui brûla les rétines. Cela devait être la première heure de la journée.

Il se sentait épuisé. Des élancements parcouraient ses doigts. Il avait serré les poings sans s'en rendre compte pendant son sommeil. Il passa la main sur son visage. L'un des soigneurs s'était endormi ; l'autre luttait pour ne pas le rejoindre. Il se redressa d'un coup lorsqu'il entendit Tendanô remuer.

— Du nouveau ?

— Non.

Sans doute perturbé par les voix, l'aguien bougea, poussa un grognement. Tendanô réveilla en douceur son homologue. Actou le regarda d'un air hagard avant de comprendre. L'homme souleva ses paupières, découvrit ses iris ambrés. Il tenta de se relever, mais le lumien le retint.

— Tu n'es pas encore tout à fait rétabli.

L'inconnu observa la main posée sur lui comme si elle portait une maladie contagieuse. Il considéra ensuite son environnement.

— Où suis-je ?

Il avait la voix éraillée d'un assoiffé.

— À Melkyo

— Melkyo ?

Il parut réfléchir, puis son visage s'anima. Il se redressa d'un bond, mais son corps meurtri exprima son mécontentement et l'aguien se recoucha aussitôt, des gémissements de douleur dans la gorge. Actou demanda à l'un des soigneurs d'aller chercher le médecin, comme convenu la veille.

L'homme haletait.

— Quel jour sommes-nous ?

— Le dix-neuvième jour de Leydamadë. Tu es arrivé hier soir.

L'inconnu ferma les yeux.

— Il faut y aller. Vite. Au Rocher. Nous n'avons pas une minute à perdre.

— Dis-nous comment tu t'appelles et explique-nous la raison de ta venue.

— Je m'appelle Laemos, je fais partie de l'entourage du roi d'Aguilerya. Le Rocher a été attaqué.

Je ne suis même pas étonné.

Le docteur entra à ce moment-là. Laemos ne se montra pas coopératif.

— Tu n'aideras pas les tiens si tu es infirme, affirma Actou.

L'aguien n'ajouta plus rien et se laissa faire, à contrecœur. Il répondit aux questions de manière abrupte, impatient que cet interrogatoire se terminât au plus vite. Il souffrait de son effort et d'une légère déshydratation, mais il n'avait rien de cassé. Il protesta lorsque le médecin lui imposa le repos.

J'avais oublié combien les Aguiens pouvaient être caractériels.

— Tu as des choses à dire et nous avons des préparatifs à faire, déclara Tendanô. Cela te laisse assez de temps.

— Non ! Nous devons partir maintenant ! Et qui êtes-vous, d'abord ?

— Je suis Tendanô et voici Actou, le roi de Silesia. Nous ne pouvons pas nous rendre en Aguilerya sans savoir de quoi il retourne. Tu commences donc par te calmer, tu vas manger un peu et nous donner les détails de l'attaque subie.

Laemos ouvrit grand la bouche, surpris que le Lumien ait déjà compris. Surpris aussi par son ton ferme.

— Les Aguiens n'ont pas pour habitude de s'inviter sans prévenir, souligna le roi silésien. Surtout dans un tel fracas. Et si l'on considère les événements actuels, les possibilités sont vite réduites.

L'homme ne répondit rien. Il se força à ingurgiter le repas qu'on lui apporta. Ayant repris un peu de force, il éclaira leur lanterne.

— Cela s'est passé il y a quelques jours. Le roi avait entendu des rumeurs au sujet d'attaques en Orsinaë et en Seranguia. Il a demandé à ses escouades d'intensifier les recherches au-dessus d'Aguilerya. Je dirige l'une d'entre elles. Nous patrouillions près de la frontière entre nos deux pays quand nous avons vu quelqu'un qui n'avait rien à faire là. C'était un lumien.

— Daikeno ?

— Oui. Cet imbécile refusait de me faire passer le message qu'il voulait transmettre à mon suzerain. Le ton a monté, il m'a provoqué. J'ai décidé d'accéder à sa requête, mais poings liés.

Tendanô rit sous cape.

Pourquoi ça ne m'étonne même pas de toi, Daikeno ? Je te connais assez pour savoir que tu l'as fait exprès.

— Nous l'avons donc emmené, reprit Laemos. Il nous restait encore une bonne distance à parcourir lorsque nous avons vu l'horizon. Des lueurs étranges dansaient dans le ciel, de la fumée montait.

« Daikeno a brisé ses liens – je ne sais d'ailleurs toujours pas comment il y est parvenu – et il a posé ses mains sur mes épaules. Il m'a regardé droit dans les yeux. L'expression de son regard avait changé. Sa voix aussi. Elle était beaucoup plus grave.

« La seule chose que j'étais capable de faire, c'était de l'écouter. Il m'a sommé de venir ici et de vous avertir. »

Laemos marqua un arrêt, le regard soudainement vague. Le roi lumien savait qu'il prenait conscience que quelque chose s'était passé, à ce moment-là. Il s'était fait prendre au piège par le pouvoir de persuasion de Daikeno. Cette capacité était propre aux lumiens, à des degrés plus ou moins importants selon les individus.

— Cet enfoiré m'a obligé à obéir à ses ordres. Si jamais je le retrouve…

— Tu veux dire que Daikeno s'est rendu au Rocher ? demanda Tendanô.

— Oui. Il a aussi ordonné à mes hommes de le suivre. Et ils sont partis. Je n'en sais pas plus.

Tendanô ne répondit pas. Une émotion particulière gagnait en intensité dans son ventre. Il se leva. Elle continua à grimper, atteignant sa poitrine. Son cou. Sa tête. Une dernière impulsion la poussa dans ses bras. Son poing bougea aussitôt, enfonçant le mur en bois.

— Mais c'est pas vrai !

C'est pas vrai, il n'en fait vraiment qu'à sa tête quand il s'y met. Je l'avais pourtant prévenu.

— Et bien, on dirait que j'arrive au bon moment, déclara une voix féminine.

Le roi se tourna vers ce timbre familier. Il prit conscience des regards posés sur lui. À l'extérieur, les oiseaux effrayés criaient. Il retira son bras et massa ses articulations. Juniki pénétra à l'intérieur et se dirigea vers l'aguien, sourire aux lèvres.

— Enchantée, je suis Juniki. Veuillez excuser mon mari, il est un peu à cran. Il fallait bien que cela sorte à un moment donné.

Une rougeur teinta le visage de l'homme et il répondit avec hésitation à la main tendue de la jeune femme. Ses yeux ne se détournaient pas de ceux de la lumienne. Il était visiblement sous le charme, au point de bégayer. Tendanô préférait ne pas lui dire qu'elle aussi était capable de faire jouer sa voix.

— Je, je comprends, c'est, c'est normal.

Il retira sa main, l'air un peu honteux de n'avoir pu offrir qu'une peau épaisse et un peu rugueuse. Juniki s'approcha de son époux. Elle posa ses doigts sur sa poitrine. Il pouvait lire sur son visage sa compréhension et son désir de l'apaiser.

— Zenro m'a tout dit, comme tu lui avais demandé. Les autres sont prêts, je peux les faire venir ici.

— Merci.

Elle lui sourit et déposa un baiser sur sa joue. Elle ressortit. Tendanô s'adressa aux deux soigneurs.

— Je suis désolé. J'enverrais quelqu'un pour réparer cela. Allez vous occuper des oiseaux et veillez à ce qu'il n'y ait pas d'oreilles trop curieuses dans les parages.

Les deux hommes obtempérèrent. Sa femme revint quelques minutes plus tard, accompagnée de Yako, de Zenro et de Washiro. Actou se chargea de répéter les paroles de Laemos.

— En se rendant sur place, commenta l'Entraîneur, Daikeno nous a directement impliqués. Pour Orsinaë, nous ne nous étions posés qu'en soutien. N'oublions pas la présence de cet aguien, qui nous demande officiellement de l'aide. Nous devons mobiliser les hommes. Je me suis engagé à remplacer notre chef des Combattants en son absence. Je m'occuperais donc de cela.

— Je suis prêt à rallier des Éleveurs pour fournir des loups, enchaîna Washiro. Un mot de votre part suffit.

— Cela va nécessiter de la préparation pour réunir des vivres, pour rassembler tout le monde, réfléchit Yako. Sans compter le trajet. Combien d'hommes faut-il ? Aurons-nous assez de chevaux ? Nous devons aussi penser à la fatigue du voyage.

— J'aimerais aider, dans la mesure du possible, se désola Actou. Mais cela risque de prendre du temps de prévenir les miens, sans compter que cet appel au secours ne m'est pas adressé.

Tendanô prit quelques instants pour réfléchir.

— Nous recruterons sur le chemin. Pour nous rendre en Aguilerya, nous longerons la rivière qui relie le Meleïka et le Lerya. Des villes et des villages la bordent, avec les effectifs qu'il faut. Vous, vous vous chargerez de préparer une campagne plus importante, au cas où. Et avertissez les postes frontaliers afin qu'ils soient sur leur garde. Qu'à leur tour, ils s'occupent des petits hameaux.

— Tu y vas ? s'alarma Juniki.

Il ne répondit pas. L'atmosphère devint plus lourde.

— N'y va pas. La tête pensante d'une armée ne se met pas en danger.

Une lueur sauvage brilla dans les yeux de sa femme. Tendanô soutint son regard sans sourciller. L'un des leurs était en danger. Son âme de lumien le poussait à le secourir. Les cris des oiseaux reprirent de plus belle, dehors. L'un des soigneurs entra, alarmé.

— Votre Majesté, le Caedor d'Aguilerya arrive.

Le roi fut le premier à l'extérieur. Il leva les yeux au ciel. L'animal imposait son ombre. Il perdit de l'altitude et se posa dans la clairière. Ses ailes à l'envergure impressionnante soulevèrent de la poussière. Ils durent protéger leur visage. Son propre Caedor accueillit son congénère avec de petits coups de bec affectueux. L'autre soigneur s'approcha et détacha un objet brillant.

Il le donna à Tendanô. Il s'agissait d'un cartouche. Un parchemin se trouvait à l'intérieur. Il n'osait pas l'ouvrir. Il jeta un regard à la ronde. Tous attendaient, aux abois. Laemos sortit de la maison et s'agrippa au montant de la porte pour ne pas tomber. Ses yeux débordaient de crainte et d'impatience.

Fébrile, le roi lumien se décida. Il parcourut le message, ignorant le mal de tête qui s'invitait au passage. Un long soupir de soulagement s'échappa enfin de sa bouche.

Il s'assit par terre. Puis éclata de rire. Un rire nerveux. C'était plus fort que lui. Après avoir relâché une partie de sa nervosité en se défoulant sur le mur, voilà qu'il l'évacuait d'une façon saugrenue. Il tendit le rouleau à Juniki qui se chargea de lire le contenu à voix haute.

— Attaque au Rocher réprimée. Rendez-vous à notre Colline au plus vite. Prévenez Actou et Esdenorg, je m'occupe de Behalem. Il y a urgence. Post-scriptum : votre conseiller va bien. Que Laemos vienne avec vous.

Les Dieux-Souverains semblaient leur avoir offert un sursis.

CHAPITRE 9

Lumpiaë, An 4503, vingt-cinquième jour de Leydamadë.

Le départ se ferait le lendemain. Les choses s'étaient précipitées durant les derniers jours. La première action de Tendanô fut d'envoyer son Caedor en Orsinaë. Esdenorg avait immédiatement répondu par la même voie. Il avait tout laissé et s'était mis en route, escorté d'une centaine d'hommes. Hors de question de plaisanter sur la sécurité.

La rumeur s'était répandue dans Melkyo. Tendanô eut la surprise de découvrir que plusieurs de ses Combattants s'étaient spontanément portés volontaires pour l'accompagner. Ils avaient commencé à rassembler les vivres nécessaires.

Aux quatre coins du pays, les loups dressés étaient déjà entrés en action, guettant la moindre trace d'individus suspects. Actou n'avait pas chômé et avait envoyé plusieurs missives en Silesia. Ses hommes se tenaient prêts.

Les échanges affluaient. Depuis l'attaque du Rocher, les ennemis n'avaient plus fait parler d'eux.

Ils se préparent.

Le temps était à la fois un allié et un traître. Chaque seconde comptait. Laemos le lui rappelait sans cesse. Il avait récupéré, mais trépignait d'impatience. L'aguien passait beaucoup de temps dans la volière, se mêlait peu aux autres. Tendanô espérait que son cas ne devînt pas une généralité. Chaque race devrait savoir mettre ses différences de côté le moment venu. La personnalité autarcique des Aguiens ne faisait pas partie de leurs atouts

Il tapota nerveusement sur le bureau. Le lien qui unissait tous les lumiens entre eux et dont il était le garant faisait de plus en plus entendre sa voix. Il sentait l'angoisse face à l'avenir de certains de ses sujets, la crainte d'être les prochains.

Le roi déployait beaucoup d'énergie pour rassurer ceux qui avaient besoin de l'être. Plusieurs fois par jours, il se concentrait, laissait sa puissance circuler dans le sol pour les rejoindre. Voilà l'un des aspects du Lien de la Terre que portait un souverain lumien : être relié à ses sujets avec plus ou moins d'intensité. Heureusement, la majorité lui faisait confiance pour gérer la situation. Ils ne doutaient pas non plus de leur propre solidarité, un domaine dans lequel ils étaient imbattables dans tout Eldalarya.

Il inspira profondément, puis se leva et quitta son bureau. Les lumières restantes agrandissaient son ombre sur les murs des couloirs. Le bruit de ses pas résonna quand il descendit les escaliers.

L'air extérieur était pur et frais. Tendanô leva les yeux au ciel. Dans la lueur blanc rosée de Leydane, il chercha le moindre indice de la présence de la Déesse. Il sentit cette chaleur caractéristique dans son cœur qui comblait les quelques failles de son courage.

Après ces minutes contemplatives, il se dirigea vers sa demeure. La fumée qui s'échappait de la cheminée se faisait discrète et la fenêtre renvoyait la vision d'un éclairage vacillant.

Quand Tendanô entra, il retrouva les siens réunis autour du foyer, hypnotisés par la danse des flammes. Il observa cette scène et en enregistra les moindres détails. Ses deux filles se pelotonnaient l'une contre l'autre dans les bras de leur mère, recouvertes d'une couverture épaisse. Leurs yeux mi-clos exprimaient leur fatigue. Elles auraient déjà dû être couchées, à cette heure-ci.

Juniki massait leurs dos, le regard perdu dans le vague. Une once de tristesse habillait ses iris bleutés. Danko se trouvait toujours dans son fauteuil favori, sa sempiternelle pipe à la main. À ses pieds, Leytana dormait, ses louveteaux serrés tout contre elle. Seules les oreilles de la louve bougeaient, montrant qu'elle demeurait attentive, même dans son sommeil.

Le roi retira son manteau qu'il accrocha à une patère de bois. Les petites ne se levèrent pas d'un bond pour aller l'accueillir, trop épuisées qu'elles fussent. Mais elles le regardaient avec attention, un appel silencieux pour qu'il vînt les prendre dans ses bras. Sans plus attendre et aidé par sa femme, il les souleva et les emmena dans leur chambre.

C'était une petite pièce qui comptait un grand lit, une commode et une table de chevet. Le grand-père des petites les avait fabriqués de ses propres mains. Tendanô s'installa sur les couvertures en fourrure. Le sommier grinça sous son poids, auquel s'ajoutait celui de ses filles.

Tous trois demeurèrent ainsi, sans échanger un seul mot. De temps à autre, Juniki s'approchait de l'embrasure de la porte et les regardait avec tendresse. Les minutes s'écoulèrent et le lumien entendit la respiration de la plus jeune devenir plus régulière. D'une main, il dégagea les couvertures, coucha sa fille et la recouvrit.

Il se rendit alors compte que son aînée pleurait contre son épaule. Il la serra encore plus fort contre lui et les sanglots enfantins se firent un peu plus bruyants. Deliki remua dans son sommeil, mais ne se réveilla pas. Troublé par la détresse d'Elina, Tendanô l'étreignit.

Une boule entravait sa gorge. Difficile de ne pas être sensible à la tristesse de sa propre fille. La petite finit par se calmer et le fixa droit dans les yeux, ses petites mains posées sur les joues de son père.

— Faut faire attention, Papa.

— Maman t'a dit où j'allais ?

— Oui. Tu vas voir d'autres rois et vous discuterez de comment combattre les méchants qui font du mal aux gens.

— C'est à peu près ça, concéda Tendanô. Mais je te promets que je ferais attention.

La petite se plongea dans sa réflexion. Il ne la pressa pas.

— C'est qui les méchants ?

— Et bien, nous pensons que ce sont des Féliens.

— Je ne sais pas qui c'est.

Tendanô montra sa main à sa fille.

— Imagine que tout ça, c'est Eldalarya. Notre pays se trouve à peu près ici, à gauche du centre. Les Féliens habitent là, tout en bas, à droite.

Elina observa sa paume, l'air songeur.

— Ils ont traversé tout ça pour aller en Orsinaë ?

— Oui, répondit Tendanô qui s'étonna que sa fille en sût autant.

— Comment ils ont fait pour grimper le grand mur ?

— Tu veux parler de la Falaise Noire, je suppose. À vrai dire, je l'ignore. Il y a encore beaucoup de choses dont nous ne sommes pas au courant.

— Oh. Et après, quand vous saurez, vous allez vous battre contre eux, c'est ça ?

— C'est fort possible, en effet, avoua le monarque. J'espère que nous n'en arriverons pas là.

— Moi aussi. Je ne veux pas que tu te battes

Tendanô l'embrassa sur le front. Ils restèrent silencieux pendant quelques instants.

— Est-ce qu'ils vont venir ici ?

— Je ne pense pas, ma puce.

— Tu es sûr ?

— Et bien non, avoua Tendanô. Mais ça serait idiot de leur part de le faire.

— Pourquoi ?

— Tu sais, ils n'ont attaqué que des gens qui ne pouvaient pas être secourus parce qu'ils se trouvaient seuls. Nous, en Lumpiaë, nous sommes plus nombreux.

— À Aguilerya aussi ?

— Comment es-tu au courant de ça ?

— J'ai entendu Maman et Papy en parler.

Il soupira.

— Nous ignorons ce qu'il s'est vraiment passé. L'aguien qui est arrivé à Melkyo est parti précipitamment de là-bas pour nous prévenir.

— J'espère qu'oncle Daikeno va bien.

— Je suis sûr que c'est le cas.

Nouveau silence.

— Est-ce que tu crois qu'ils ont peur ?

— Qui donc ?

— Les méchants.

— Je l'ignore, ma puce.

Tendanô se tut. Il ne comptait pas se lancer dans un long monologue sur l'histoire des Féliens et surtout, leur personnalité. Les paroles d'Elina lui rappelèrent celles de Tyric, le fils d'Esdenorg.

— C'est difficile de savoir avec eux, reprit-il.

La petite se lova à nouveau contre lui, sans poser d'autres questions. Il la berça doucement jusqu'à ce qu'elle s'endormît. Il la déposa ensuite à côté de sa sœur et embrassa les deux enfants sur le front avant de quitter la chambre sans faire de bruit.

Dans la pièce principale, il n'y avait plus que son beau-père. Son ouïe lui indiqua que sa femme se trouvait dans leur chambre à coucher. Danko lui fit signe de venir s'installer près de lui. À contrecœur, Tendanô prit place sur un autre fauteuil, à ses côtés.

— Les Féliens, murmura l'homme, les yeux rivés sur le feu.

Son visage s'assombrit un peu plus.

— Je n'ai pas souvent pensé à eux pendant mon règne, mais le peu de fois où cela s'est produit, je me suis toujours dit que le jour où ils se réuniraient, nous le sentirions passer.

— Je n'imaginais pas cela possible. Tout porte à croire que c'est le cas. Et dire que c'est une vieille faetim qui nous a mis sur la piste la première. J'ai l'impression d'avoir tout à réapprendre.

L'homme l'observa du coin de l'œil.

— Douter est normal. C'est même quelque chose de précieux. Cela pousse à la prudence. Le jour où tu n'auras plus de doutes, tu t'exposeras davantage à l'erreur de jugement.

— Je m'inquiète surtout de mon manque de connaissances à leur propos.

— Behalem vous enseignera.

Il tira une bouffée, puis laissa échapper un nuage de fumée odorante. Les deux hommes gardèrent le silence pendant quelques minutes, avec, pour unique compagnie, le crépitement des flammes dans la cheminée.

— Que t'inspires tout cela, Tendanô ?

— Du questionnement. Qu'est-ce qui les a réunis ?

— C'est une bonne interrogation. Je n'ai pas de réponse à te donner, c'est bien la première fois que ça arrive.

— Le cas des Séraniens m'interpelle également.

— Ça sent l'opportunisme à plein nez. Je me demande bien ce qui a pu se passer là-bas pour que la situation dégénère et pousse le roi Behalem à requérir de l'aide à plusieurs de ses alliés.

— Il nous l'enseignera, ironisa Tendanô.

Danko se réinstalla plus confortablement en souriant. Un nouveau moment de silence s'installa entre les deux hommes.

— Tu devrais aller la voir et profiter du temps qu'il vous reste à passer ensemble. Je suppose qu'elle est en partie frustrée de ne pas pouvoir t'accompagner.

Tendanô ne dit rien et le salua avant de se diriger vers la chambre. Malgré l'obscurité, le roi distingua la silhouette de sa femme allongée sur le lit. Elle ne bougeait pas, mais il était certain qu'elle ne dormait pas.

Il retira ses bottes et vint se coucher auprès d'elle, l'enlaçant de son bras puissant. Il plongea le nez dans son cou, respirant l'odeur fleurie de sa peau. Il sentit la main de son épouse se poser sur la sienne et leurs doigts s'entrelacèrent avec force. Ils ne dirent rien ni l'un ni l'autre pendant un bon moment.

— Je n'aurais jamais crû vivre cela un jour, chuchota Juniki.

— Moi non plus, avoua le monarque.

La jeune femme se retourna pour lui faire face. Il caressa alors son visage.

— Tu auras finalement réussi à me donner toutes les tâches ingrates. Et je suis sûre que je vais avoir Hashilo sur le dos.

Cette phrase fit sourire le lumien.

— Tu t'en sortiras haut la main. Et ça sera sans doute plus agréable que ce que moi je vais faire.

— Beaucoup tentent de se rassurer en se disant que c'est juste une réunion. Mais je sais comment ça se passera. Toi et les autres voudrez arrêter les Féliens au plus vite. Vous ne ferez pas des allers-retours incessants entre chez vous et ailleurs. Vous partirez en guerre. J'essaie de me montrer forte, j'essaie de ne pas y penser, mais je ne peux pas m'empêcher d'imaginer que tu ne reviendras pas.

« Toute mon enfance, j'ai vu ma mère craindre que cela arrive à mon père. Elle priait souvent Leydane pour le protéger. Mes prières n'ont pas suffit.

— Les autres rois sont puissants. Je ne suis pas seul. »

Tendanô la serra plus fort dans ses bras.

— Quelle chose étrange, reprit-elle après quelques minutes.

— Quoi donc ?

— Tous ces peuples réunis. Cela est arrivé très rarement, dans toute l'histoire d'Eldalarya.

— Nous sommes alliés depuis longtemps.

— Certes, mais vous n'avez jamais agi de concert. D'ailleurs, penses-tu qu'il faudrait prévenir les autres pays ?

— Je ne sais pas. J'amènerais le sujet sur la table, si besoin.

— Les plus petites nations ne possèdent pas d'armée forte, ils ont souvent recours à nous pour faire respecter l'ordre, en cas de besoin. Certains peuples ont autant de courage et de force physique que nous, mais ils ne maitrisent pas le Lien. J'ignore ce qu'ils pourraient faire face aux Féliens.

— Les Féliens ont l'air de ne s'en prendre qu'aux races primaires.

— Oui et s'ils veulent attaquer les autres, ils passeront par les états plus faibles. M'est avis qu'ils ne les traverseront pas sans manifester leur puissance.

Il l'embrassa.

— Ta présence d'esprit comble mes lacunes.

Elle lui rendit son baiser.

— Je m'en chargerais. J'ai besoin de faire quelque chose d'utile.

— Je te laisse les rênes du pays pendant mon absence, tu seras déjà beaucoup occupée.

— Je ne parlais pas que de Lumpiaë. Peut-être que les Féliens n'iront pas plus loin, mais dans le doute, mieux vaut prévenir que guérir.

Tendanô soupira et resserra son étreinte.

CHAPITRE 10

Colline de Clayssane, frontière entre Lumpiaë et Aguilerya, An 4503, trentième jour de Leydamadë.

Ils arriveraient d'ici une à deux heures. Tendanô sentit une présence étrangère. Quelques aguiens les attendaient sur place, mais il devina que Behalem devait être déjà là, accompagné de plusieurs de ses hommes. Il avait fait vite. La capitale de Seranguia n'était pas à côté.

Il leur avait fallu quant à eux une dizaine de jours pour rallier le lieu du rendez-vous. La frustration de voir la colline de Clayssane mais de ne pas pouvoir s'en approcher aussi rapidement que voulu les avait habités pendant toute la durée du trajet.

Ça et une nervosité perpétuelle. Lorsque le roi Esdenorg était arrivé à Melkyo, ils avaient décidé de descendre le Meleïka jusqu'à atteindre la rivière qui le reliait à l'un des trois autres plus gros fleuves d'Eldalarya, le Lerya. Traverser la forêt en ligne droite aurait été stupide. Ils se seraient mis en danger inutilement et auraient perdu du temps à progresser entre les arbres.

La relative sécurité des rives ne les apaisait pas. Leur nombre non plus. Les deux cents chevaux montés par des lumiens et des ornésiens de bonne constitution avaient de quoi impressionner. De même que la présence des trois rois à leur tête. Dans les petites villes et les villages, les visages s'étaient fermés à leur arrivée.

Un si grand groupe d'hommes et de femmes, tous soldats, rappelait la réalité de la situation. Le danger était une notion qui serrait à présent le ventre des habitants. Certains courageux avaient rejoint les rangs, mais cela ne changeait rien au moral. Les derniers événements les avaient rendus un peu paranoïaques.

Esdenorg, Actou et Tendanô conservaient une expression suffisamment rassurante pour galvaniser les troupes, mais ils ne pouvaient contrôler les pensées de chacun. Les soldats ornésiens étaient encore affectés par les massacres perpétrés sur leurs terres. Leurs sentiments oscillaient entre tristesse et colère.

Les Combattants du roi lumien luttaient avec leurs doutes. Tout cela demeurait intangible pour eux. La séparation d'avec leurs familles les préoccupait davantage que la perspective d'éventuels affrontements.

Tendanô lui-même n'était pas épargné. Il avait beaucoup repensé à son départ. Ses filles étaient jeunes, mais beaucoup plus sensibles aux émotions dégagées par les adultes. Leur père partait pour une durée indéterminée. Elles n'y étaient pas habituées. Sans certitude sur les événements à venir, il avait gardé le sourire, sans rien affirmer sur son retour. Quant à Juniki, malgré un mélange de tristesse et de frustration dans le regard, elle lui avait servi une de ses expressions pleines d'assurance.

Son beau-père était là également. Il ne lui avait rien dit, mais ses yeux lui avaient transmis un peu de sa force, un sursaut de confiance qui était toujours bon à prendre. Hashilo s'était aussi présenté à lui. L'homme n'avait pas eu de remarque désobligeante. Il lui avait simplement conseillé de faire attention. Quand son principal opposant politique agit ainsi, on mesure la gravité du moment.

Tendanô gardait une dose de méfiance à l'égard d'Hashilo. Bien que ses paroles aient sonné sincères, rien ne garantissait qu'il ne chercherait pas à discréditer le monarque et à semer le doute dans l'esprit des lumiens en son absence. Il avait toutefois confiance en ses proches pour gérer la situation.

Les kilomètres défilèrent. Le roi lumien attarda son regard sur le mouvement de la rivière. L'eau claire dégageait sa fraîcheur, coulait avec calme. Elle émettait un son monotone, mais joyeux. Il écouta le doux clapotis qui s'harmonisait avec les fers des cheveux. De petits éclats interrompaient son chant chaque fois qu'un poisson remontait à la surface, chaque fois qu'elle rencontrait un rocher solitaire.

Son esprit oscillait entre deux émotions : l'apaisement de la nature à la limite de la somnolence et un soupçon d'inquiétude. Son âme de Combattant hibernait depuis longtemps déjà. Depuis qu'il était devenu roi. Depuis qu'il était marié. Depuis qu'il était devenu père. Ses rôles comptaient, ses rôles demandaient de l'énergie, mais ses rôles ne demandaient pas l'intervention de ses années d'entraînement de soldat.

Pour toute cette partie-là, il s'était reposé sur le savoir-faire de Zenro et surtout, de Daikeno. C'était sans doute pour cela que son meilleur ami n'avait pas hésité à se rendre en Aguilerya ni à se précipiter dans le combat. Il possédait un état d'esprit dévolu à ce genre d'éventualités. Quant à lui, il devrait se dérouiller rapidement.

— Nous arrivons, annonça Actou.

— Enfin, répondit Esdenorg.

Tendanô leva les yeux vers la haute colline. Il n'avait pas vu le reste du voyage passer. Dans son dos, les hommes accueillaient avec joie cette arrivée, ce repos mérité. Une courte parenthèse où ils pourraient s'autoriser à oublier, à profiter de la présence des uns et des autres – Lumiens, Ornésiens, mais aussi Séraniens –, à relever les différences culturelles pour mieux se les approprier.

— Il nous reste juste à grimper, déclara le roi lumien.

— Je m'en réjouis à l'avance, ironisa Esdenorg. Combien de temps nous faudra-t-il pour arriver au sommet ?

— Deux bonnes heures, je dirais. La petite route nous facilitera la tâche.

De la main, Tendanô désigna le cordon clair qui serpentait au milieu des pins.

— Cela aura le mérite de nous faire faire un peu d'exercice, nota le silésien. Je manque d'entraînement. De retour en Silesia, je jure de ne plus rester autant d'heures assis à mon bureau.

Les deux autres éclatèrent d'un rire qui fit du bien à Tendanô. Un rire qui se glissait entre chaque fibre tendue de son corps pour lui apporter détente et chaleur. Un homme vint à leur rencontre. La peau hâlée de son visage ressortait de son lourd manteau de fourrure blanc.

Sa démarche indiquait qu'il n'était pas à l'aise habillé ainsi ni qu'il se sentait à sa place ici. Quoi de plus naturel pour un séranien originaire d'un pays chaud ? La petite vague de joie du trio de dirigeants avait dû parvenir jusqu'à lui. Un sourire timide étira ses lèvres. Chacun de ses pas s'accompagnait d'un tintement métallique étouffé. Il provenait de l'entrechoquement des nombreuses boucles d'oreilles qui dépassaient de sa capuche. La plupart arboraient une pierre de couleur vive, rouge rubis, bleu saphir, vert émeraude, qui se mariait bien avec la teinte or de ses yeux.

— Bonjour à vous, Nobles Rois. Sa Majesté Behalem étant arrivée en premier, il m'a chargé de vous accueillir.

Les trois hommes mirent pied à terre. Le reste de la troupe s'éparpilla pour installer un camp de base. Un bruissement d'ailes se fit entendre. Une masse tomba près d'eux, faisant sursauter le séranien.

— Des nouvelles d'Aguilerya ? demanda Laemos.

L'aguien avait été discret tout le long du voyage. Il était resté dans son coin, comme à Melkyo. Ses yeux étaient demeurés rivés en direction de son pays natal. Tendanô avait presque oublié sa présence.

— Non. Ils ne sont pas encore arrivés.

Se sont pourtant eux qui ont le moins de distance à parcourir pour venir jusqu'ici.

Tendanô espérait qu'il ne se fût rien produit de grave, comme une autre attaque. Cependant, il ne doutait pas que Laemos avait souvent volé à une altitude élevée pour garder un œil sur le ciel aguien.

Pas de nouvelles, bonnes nouvelles, comme on dit.

— Montons, décida le roi lumien. C'est le milieu de la journée. Il fait encore assez jour, autant en profiter.

— Plusieurs des miens sont dispersés sur la route avec de quoi vous ravitailler pendant la montée.

— Merci pour votre prévenance.

Laemos reprit son envol tandis que les trois hommes s'engagèrent sur la piste, accompagnés de plusieurs des leurs. L'aguien arriverait avant eux et se placerait en éclaireur averti auprès des quelques résidents du temple qui se trouvait au haut du sommet enneigé.

Plus ils progressaient, plus le froid et la brume s'intensifiaient. Les pauvres séraniens postés là frottaient leurs bras pour les réchauffer. Ils accueillirent avec bonheur la relève. Les soldats lumiens et ornésiens ne craignaient pas un tel climat. Sans demander leur reste, les séraniens redescendirent, poussés par la hâte de s'asseoir autour d'un agréable feu de camp.

La montée en altitude pesait sur leurs poumons, mais ils ne se plaignirent pas. Tendanô regretta une bonne visibilité. D'ici, la vue devait être magnifique. Comme prévu, ils atteignirent le sommet au bout de quelques heures.

Il leur restait encore quelque distance à parcourir lorsqu'ils aperçurent la silhouette de l'imposante bâtisse. Sa teinte blanche se confondait avec celle des nuages et de la neige. Le temple dédié à la Déesse-Souveraine Clayssane mesurait quelques dizaines de mètres de haut.

Tendanô avait un aperçu du toit arrondi. Ce dernier dépassait de la partie principale de l'édifice. Les colonnes de granit espacées qui le soutenaient avaient été disposées de façon à former un contour courbe. La zone ombragée laissait entrevoir la lourde porte de bois clair.

— Il y a une porte, constata Esdenorg.

— Ça me semble assez normal, répondit Actou.

— Nous parlons des Aguiens. Nous parlons d'un temple consacré à une divinité aviaire.

— Ce n'est pas n'importe quelle porte, précisa Tendanô. Elle est finement sculptée.

En effet, plus ils approchaient et plus ils distinguaient les détails du bas-relief. Tout rappelait le Lien de l'Air des Aguiens : oiseaux, tempêtes de vent, voûte céleste plus imposante que le sol, lequel n'était représenté que par des cimes d'arbres.

— Elle est un peu comme les statues de Jorgas à l'entrée d'Edenigë, souligna le roi lumien

— Si seulement tu m'avais parlé de la porte de mon bureau, soupira l'ornésien. J'aurais pu te rétorquer qu'au moins, c'est une porte que j'ai l'utilité.

Tendanô sourit. Il remarqua alors une dizaine d'ombres. La plupart appartenaient aux Aguiens qui vivaient ici à l'année. Ils avaient plutôt l'allure de guerriers que de prêtres. Chacun tenait un arc dans la main. Ils possédaient quelque chose de très martial dans leur façon de se positionner les uns par rapport aux autres.

Plus loin, le lumien reconnut Laemos. Celui-ci leur jeta un coup d'œil avant de regarder à l'est. Il montrait la garde jusqu'à ce que son souverain arrive.

— Vous voilà enfin.

La voix et le grincement d'un gond attirèrent l'attention des trois monarques. Un homme vêtu de plusieurs couches de tissus épais formant une sorte de tunique ample venait de sortir du bâtiment. Le roi de Seranguia, Behalem.

Les côtés de son crâne avaient été tondus. Le reste de ses cheveux ébène avaient été nattés. Une boucle dorée ornait son sourcil droit. Quelques autres habillaient ses oreilles.

Tendanô ne manqua pas de remarquer les cernes sombres que la peau bronzée de son homologue ne pouvait dissimuler. Ses lèvres fines leur adressèrent un vague sourire, mais son regard d'or ne pouvait cacher son inquiétude. Ils le saluèrent d'une poignée de main chaleureuse.

— Riaca, le roi aguien a fait parvenir un message il y a peu pour annoncer qu'il arriverait en retard. J'ai cru deviner qu'il voulait transformer le Rocher en vraie forteresse. Nous pouvons commencer sans lui.

— Tout de suite ? demanda Esdenorg.

— Non, vous venez d'effectuer un long trajet et de grimper l'une des Neuf. Prenez le temps de vous restaurer, j'ai de toute façon quelque chose à voir avec mes hommes. Nous pouvons nous retrouver plus tard dans l'après-midi.

— Cela me convient, dit Tendanô qui sentit l'appel de la nourriture.

CHAPITRE 11

L'intérieur du temple était étrangement sombre, malgré toutes les ouvertures disséminées dans le toit. Une gigantesque statue, taillée dans un bois très clair, occupait le fond de la salle. Elle représentait Clayssane, la Déesse-Souveraine Aigle adorée par les Aguiens. Elle se tenait droite sur ses deux serres, les ailes repliées, son regard ambré perçant dirigé vers l'entrée. Des feuilles d'or recouvraient l'extrémité de ses plumes.

La pièce comptait comme unique meuble une table ovale en acajou avec une dizaine de chaises sans dossier assorties. On avait mis à leur disposition des nécessaires à écrire et des cartes d'Eldalarya.

Tendanô était déjà assis en compagnie d'Esdenorg et d'Actou. Les trois hommes ne parlaient pas. L'atmosphère était lourde. La bonne humeur illusoire du repas qu'ils avaient pris plus tôt était partie. Behalem entra. Il avait passé tout ce temps avec les siens.

Avec un léger sourire mais sans un mot, il s'installa à son siège.

— Ils ne sont toujours pas arrivés, remarqua-t-il.

— Alors nous faisons comme il l'a demandé, répondit Tendanô. Commençons sans eux.

Le silence se fit à nouveau. Le roi lumien sentit les regards de ses homologues posés sur lui. Les chefs ornésien et séranien s'estimaient sans doute illégitimes à prendre la parole, n'ayant pas su gérer la crise eux-mêmes. Quant à Actou, il n'était pas du genre à s'imposer à eux. Tendanô se lança.

— Ce n'est pas la première fois que les Féliens attaquent. Violer. Tuer. Détruire. C'est dans leur nature d'agresser les autres.

« Depuis toujours les Séraniens étaient leur cible première. Accessibles, grâce à la frontière commune, mais aussi un défi à leur goût, s'agissant comme eux d'une race primaire.

« Mais là, c'est différent. Ils ont changé. Ils ont trouvé un moyen de s'organiser. Cela sert leurs ambitions, quelles qu'elles soient. De Seranguia, ils se sont rendus jusqu'en Orsinaë. Et il y a quelques jours, ils s'en sont pris à Aguilerya. Ça, c'est pour la version simplifiée.

— Simplifiée, en effet, confirma Esdenorg. Beaucoup de zones d'ombres demeurent. Ils agissent de façon structurée. Qui les dirige ? Comment le savoir ? Comment ont-ils fait pour échapper à la vigilance des Séraniens et même des Aguiens qui sont pourtant des maîtres dans cet art et atteindre Orsinaë ?

« Je suis encore sous le choc qu'ils soient parvenus à endurer le froid glacial de mon pays, eux qui viennent d'une contrée à la chaleur étouffante. Nous devons trouver un moyen de les contrer.

« — Pour ce qui est de supporter un tel climat, j'ai une réponse, expliqua Behalem. Nous les étudions bien plus que vous autres. Grâce au Lien du Feu, ils savent réguler leur température interne.

— Bon. Mais cela ne me renseigne toujours pas sur la manière dont ils sont arrivés en Orsinaë.

— Chaque chose en son temps, dit Actou. Posons-nous d'abord la question de comment ils ont fait pour ne pas être repérés avant. »

Tendanô observa Behalem.

— Vous êtes le seul capable de nous apporter des éclaircissements.

Le monarque séranien soupira, les yeux rivés sur ses mains croisées. Il avait très certainement appréhendé ce moment.

— Seules des caravanes de nomades ont été attaquées. Ces dernières sont disséminées le long d'une même route, mais celle-ci traverse l'immensité du désert d'ouest en est. Elles sont donc isolées les unes des autres.

« S'en prendre à l'une d'elles sans se faire attraper est facile. Se cacher ensuite l'est également. Reste la question de comment survivre dans le désert. Là aussi, c'est possible s'ils se sont livrés au pillage. Beaucoup de ces campements appartiennent à des familles d'éleveurs de chameaux. »

Tendanô observa une carte.

— La portée visuelle des Aguiens s'étend loin. Ils sont certainement passés à l'est de Seranguia pour ne pas être repérés depuis Aguilerya, située à l'ouest.

— C'est là que la Falaise Noire atteint sa hauteur maximale, souligna Esdenorg. Deux mille mètres de pente verticale, ça ne se franchit pas comme ça.

— Leurs ongles s'apparentent aux griffes d'un tigre. Ils peuvent les allonger. Et ils ont l'habitude de l'escalade.

— Grimper un arbre et grimper une paroi rocheuse, c'est différent, insista le roi ornésien.

— Il y a une autre possibilité, intervint Actou. Ils sont passés par la côte est et l'océan.

— C'est plus que probable, opina Tendanô. Leur pays est recouvert de jungle, ils possèdent de quoi fabriquer des embarcations, même rudimentaires. On peut pénétrer Orsinaë par le centre de sa façade orientale.

— Ils sont capables de se réchauffer naturellement et ils ont survécu dans le désert séranien, rappela le silésien. Affronter les Terres Glacées Éternelles devient une formalité pour eux.

Esdenorg soupira.

— Vu comme ça.

— Très bien, dit Tendanô. Cela me semble être une théorie assez acceptable en ce qui concerne le déplacement des Féliens jusqu'en Orsinaë. C'est un peu tiré par les cheveux, j'en conviens, mais c'est le mieux que nous avons pour l'instant.

Malgré ses paroles, le monarque lumien ne se départit pas d'un goût d'inachevé, comme s'ils passaient à côté de quelque chose. Le visage des autres reflétait la même impression.

Peut-être est-ce parce que nous n'avons pas abordé tous les points.

— Penchons-nous sur un autre aspect très délicat. Il concerne Seranguia. D'après les informations que vous avez fournies à Actou, des séraniens sont impliqués dans les attaques. Dites-nous-en plus, Behalem.

L'homme prit son temps pour répondre. Ses doigts pianotèrent nerveusement le meuble.

— Tout d'abord, ce ne sont pas des séraniens. Enfin, ils n'en sont plus. Ce sont des Parums.

— Des Parums ? s'interrogea Esdenorg.

Behalem acquiesça.

— Cela faisait longtemps qu'on ne les avait pas vus. Ils préfèrent rester cachés, n'étant pas assez nombreux. C'était ma conviction, à l'époque. Aujourd'hui, je pense que nous avons peut-être sous-estimé leur nombre.

— Qu'est-ce qu'un Parum ?

— Oh, pardonnez-moi Esdenorg. C'est un sujet sur lequel nous n'avons jamais aimé nous étaler, par honte et par espoir de conjurer leur présence. Cela fait plusieurs siècles que nous travaillons à ce que leur existence demeure secrète, de crainte de donner des idées à certains.

— De toute évidence, cela a été inefficace. Sans vouloir vous offenser. Mais quelles sont leurs particularités ?

— Ils ressemblent aux Féliens dans leur façon de penser, bien qu'ils soient plus réfléchis, si j'ose dire. Les Féliens agissent. Les Parums analysent d'abord.

« Il y a aussi une différence physique au niveau des yeux. Ceux des Séraniens normaux sont mordorés avec des pupilles rondes tandis que ceux des Parums sont plus rouges, avec des pupilles verticales. »

Tendanô se sentit soulagé. Il serait plus facile de distinguer les amis des ennemis.

— C'est de naissance ? demanda le roi ornésien.

— Non, on devient Parum.

— J'ignorais que cela pouvait arriver. Qu'est-ce qui provoque ce changement radical ?

Behalem se leva et fit les cent pas.

— On raconte que Festak, notre Dieu-Souverain, était une divinité connue pour avoir un caractère très calme en général et que, si ses colères étaient très rares, elles le transformaient. De serpent protecteur, il devenait destructeur. Ses yeux perdaient alors leur teinte d'or pour celle du sang et ses pupilles se verticalisaient.

« Les Séraniens se considèrent comme bons de nature. Mais certains de nos écrits disent que nous avons aussi hérité du côté colérique de Festak et qu'il s'exprime pleinement chez certains. La majorité d'entre nous ne peut accepter cela et refuse d'être assimilée à ces individus emplis de haine. Parum dérive du mot paria.

— Leur spécificité leur donne-t-elle un avantage par rapport à vous ? demanda Tendanô.

— Oui, dans le sens où elle les rend plus promptes à tuer et donc, plus dangereux. Ils n'ont pas une puissance plus importante que celle des

Séraniens ; ils ont simplement décidé de ne pas la brider. »

Tous les quatre gardèrent le silence, enregistrant la portée de tout cela.

— On dirait qu'ils ont voulu profiter des attaques féliennes pour semer eux aussi le trouble.

— Oui, en effet. Depuis quelque temps, certains remettent en cause mon autorité. Ils pensent que je manque d'ambition et que notre peuple perd de sa superbe. Cela a dû alimenter les effectifs des Parums.

— Ils doivent tout de même être aux abois pour s'allier avec les Féliens, glissa Esdenorg.

Tous les quatre se turent. Le résultat final était là. Ensemble, les deux ennemis avaient acquis une puissance importante. Les différentes agressions en témoignaient.

Cela posait la problématique du degré d'intervention des autres pays. Gérer le cas des Féliens ne représentait pas un souci, en théorie : moins on les voyait, mieux on se portait. Intervenir dans les affaires internes d'un État demandait plus de doigté.

Mais d'autres pays avaient été attaqués. Des milliers de gens étaient morts chez les ornésiens et les séraniens. Sans oublier les aguiens, dont ils attendaient toujours le souverain. C'était déjà un miracle qu'ils ne s'en soient pas pris à des peuples plus faibles.

À cette pensée, l'esprit de Tendanô s'éclaira. Il jura.

— Qu'y a-t-il ? questionna Actou.

Le lumien observa ses homologues tour à tour. Il ressassa sa réflexion avant de la leur dévoiler.

— Et si les Parums étaient les leaders ? Et s'ils avaient su réunir les Féliens ? Seules des races primaires ont été touchées. Or, c'est la position des Séraniens par rapport à nous autres qui est décriée. Les peuples plus faibles, ceux qui ne possèdent pas le Lien, ne sont pas intéressants pour eux.

« S'ils étaient aux abois, comme l'a suggéré Esdenorg, il leur serait peut-être venu à l'esprit de chercher du côté de Féliathe. Depuis le début, nous sommes d'accord sur le fait que ce n'est pas normal de voir les Féliens réunis. L'occasion était trop belle pour des Féliens ravis de pouvoir satisfaire leurs instincts. Ils ont donc pu mettre leur animosité de côté pour s'allier, surtout si les Parums ont réussi à se montrer convaincants.

Behalem blêmit.

— Les Parums en sont capables. Jusqu'à présent, nous avons stoppé chaque incursion des Féliens sur notre territoire parce que nous sommes organisés et pas eux. Cet avantage demeure même lorsque l'on devient un Parum. S'ils ont su amadouer les Féliens… Par Festak !

Il s'assit. Ses poings se serrèrent sur la table. Il prit plusieurs inspirations pour calmer la colère qui semblait le tirailler. Il passa une main sur son visage avant de se tourner vers Esdenorg.

— Je suis un idiot. J'avais beau savoir, j'ai minimisé l'importance des problèmes de mon pays. Je suis désolé. À cause de moi et de mon incapacité à gérer des conflits internes, votre peuple souffre. Je ne pourrais pas ramener les morts à la vie, mais je ferais mon possible pour vous aider.

— Ne vous tourmentez pas, l'assura Esdenorg.

Tendanô se leva et s'approcha de Behalem. Il posa une main sur son épaule.

— J'ignore si vous avez commis des erreurs ou pas. Aucun de nous ne peut juger de cela. Nous avons d'autres priorités. Nous travaillerons tous ensemble pour stopper ces individus.

Behalem opina du chef.

— Tendanô a raison, soutint Actou. À présent, nous savons où chercher. Vous connaissez le sujet mieux que nous, vous possédez des indications précises ou du moins, des pistes sérieuses. Nous allons pouvoir nous organiser.

Un bruit sourd les interrompit. Ils regardèrent autour d'eux. Des éclats de voix leur parvinrent de l'extérieur. La porte s'ouvrit sur un Laemos au visage furibond. Il tenait un individu vêtu de noir par le bras. Les monarques gardèrent le silence suite à cette entrée.

L'aguien donna une impulsion brusque à l'homme. Ce dernier trébucha et il se rattrapa de justesse à l'un des sièges. Lorsqu'il parvint à s'asseoir, ils reconnurent, stupéfaits, les traits d'un faetim.

Tendanô sentit la peur qui émanait de celui-ci. L'individu se recroquevilla sur lui-même, refusant de les regarder. Il tremblait de tous ses membres et semblait chercher une issue de secours dans le sol.

— Je l'ai trouvé en train de fouiner, tonna Laemos. Il avait l'oreille collée au mur du temple et essayait d'écouter ce que vous disiez.

Le faetim ne se défendit pas. Il était tétanisé.

— Comment a-t-il pu déjouer la vigilance de tous les soldats présents ? demanda Esdenorg, un sourcil levé.

Cette fois, la rougeur de Laemos ne résultait pas de sa furie.

— Oh, je suis sûr qu'il doit avoir une bonne explication. Comme il doit aussi en avoir une pour ça !

L'aguien jeta alors une petite besace en cuir usé sur la table. Le contenu du sac se répandit : des parchemins et du matériel d'écriture. Behalem s'empara de l'un des rouleaux et le déroula. Son teint vira et sa mâchoire s'ouvrit.

— Mais qu'est-ce que c'est que ça ?

Intrigués, ses homologues se saisirent chacun d'un autre écrit. Celui de Tendanô contenait une liste d'événements datés. Nombre de morts. Nombre de survivants. Lieux des attaques. Sous ses yeux ébahis se révélaient des comptes-rendus précis d'agressions qui avaient été perpétrées en Orsinaë ou en Seranguia.

— Des cibles potentielles, murmura Esdenorg.

L'ornésien échangea son parchemin avec celui de Tendanô. Horrifié, ce dernier découvrit que les noms de différentes villes de Lumpiaë constituaient cette succession de cibles.

— Le mien regroupe des distances, ainsi que le temps pour les parcourir, leur apprit Actou.

Tous se tournèrent vers le faetim, mais celui-ci ne répondit rien. Personne ne comprenait ce que cela signifiait, pourquoi un être comme lui, appartenant à l'une des races les plus discrètes qui soit, une race dont les yeux étaient toujours teintés d'une angoisse inexplicable se trouvait en possession de tels documents.

— Moi je vais vous dire ce que c'est, commença Laemos. Ce n'est ni plus ni moins que le fruit d'un long travail d'espionnage. N'est-ce pas ?

À ces mots, il releva brusquement le menton de l'homme dont les joues grisâtres brillaient sous le passage des larmes.

— Tu espionnais ! Dis-le-nous !

L'individu secoua la tête d'un signe affirmatif. Une fois que l'aguien l'eût lâché, il se replia une nouvelle fois sur lui-même.

— As-tu un lien avec ce qu'il s'est passé dans mon pays ? Est-ce que le Rocher faisait lui aussi partie d'une liste de cibles avant d'être attaqué ?

L'aguien ne retenait pas sa colère. Tendanô n'appréciait pas son attitude irresponsable. Est-ce que tous les Aguiens se comportaient de cette façon ?

Pour qui est-ce qu'il se prend ?

— Laemos ?

Mais Laemos n'écoutait pas. Il tournait autour de son prisonnier comme un aigle tournoyait au-dessus d'une proie récalcitrante. Tendanô ne pouvait laisser passer cette indiscipline et cette absence de contrôle.

— Laemos !

L'aguien se retourna, sur le qui-vive. Sans doute avait-il senti déferler dans ses veines cette crainte sourde de celui qui se trouvait confronté à un prédateur plus fort. Il posa un regard anxieux et interrogatif sur le chef lumien.

— Je te conseille de te contrôler.

— Mais !

— Il n'y a pas de mais.

Tendanô se tenait prêt. Il ne comptait pas faire du mal à Laemos, mais son corps, par instinct, s'était mis sur la défensive, paré à agir à la moindre incartade. Il sentit monter en lui cet appel à l'affrontement, mais garda le contrôle.

Il ne fut pas le seul à réagir. Bien qu'ils conservassent le silence, les autres rois explicitaient par leurs regards qu'ils désapprouvaient l'attitude de Laemos. Celui-ci déglutit. L'entraînement militaire des Aguiens imposait une discipline de fer et un respect total de la hiérarchie.

Il découvrait que sur ce coup-là, il leur devait aussi obéissance. Il n'ajouta rien. Tendanô savait d'où venait ce comportement. Laemos ruminait sa frustration depuis plusieurs jours. Mais cela n'excusait pas tout.

Plusieurs secondes s'écoulèrent. Un calme apparent s'abattit sur le groupe. Ils passèrent en revue le contenu des parchemins, encore et encore. Pourquoi ce faetim les espionnait-il ? Cela n'avait aucun sens. Et l'interroger dans son état serait difficile. Il aurait sans doute déjà été peu bavard, même sans avoir été bousculé.

Sans se concerter, ils savaient qu'ils partageaient le même questionnement. Agissait-il pour lui-même ou pour un réseau établi ?

Bien que nous demeurions entre nous, nous ne sommes pas sourds.

C'est ce qu'avait la vieille faetim en Orsinaë. Les Faetims avaient accès à beaucoup d'endroits du fait de leur fonction d'entretien des feux. Des endroits importants. Des endroits où ils pouvaient entendre beaucoup de choses.

Mais qu'est-ce que cela signifiait ? Qu'est-ce que les attaques des Féliens et des Parums pouvaient avoir avec eux ? Les sous-entendus de Laemos empêchaient Tendanô de réfléchir posément. Ça et les papiers qu'ils venaient de découvrir.

— Avez-vous un lien avec tout cela ? murmura Esdenorg. Avez-vous un lien avec toutes ces agressions ?

Les sanglots de l'homme se muèrent en pleurs. Il ramena ses genoux contre sa poitrine et cacha un peu plus son visage.

— Répondez-moi, ordonna l'ornésien d'une voix plus dure.

Mais le faetim ne répondit pas. En lieu et place de mots, il secoua une nouvelle fois la tête. Encore un oui. Tendanô, sous le choc, n'arrivait pas à y croire. L'individu devant lui avait tout, sauf l'allure de quelqu'un complice d'actes aussi graves.

Dites-moi que tout cela est une plaisanterie.

Aucun d'entre eux ne réagit. Seul Laemos trépignait sur place.

— Mais pourquoi ? interrogea Behalem. Quel est votre rôle ? Qu'avons-nous fait pour mériter cela ?

Le prisonnier renifla. Sa respiration saccadée indiquait un état de panique grandissant. Il porta une main à sa poitrine, comme s'il cherchait à empêcher son cœur de sortir. Après un moment, il prononça enfin quelques mots.

— Vous n'avez rien fait.

Tout cela n'avait pas de sens. Le roi lumien fut tenté de dire qu'on ne massacrait pas des gens sans raison, mais se ravisa. Ni Tendanô ni ses homologues ne comprenaient ce qu'il se passait. Cela ne les avançait pas plus. Le faetim ne semblait pas disposé à leur en dire plus.

CHAPITRE 12

— Et alors, quoi ? s'énerva Esdenorg. Vous avez forcément une raison pour avoir agi ainsi.

— À quoi bon ? répondit le faetim, le visage toujours enfoui dans ses bras. Vous ne nous auriez sans doute pas prêté attention. Nous ne sommes que des Faetims. Une race tertiaire, sans capacité, impuissante face à des peuples comme vous, possesseurs du Lien.

Cette fois, il ne s'arrêta pas.

— Que faire face à la folie ? Comment réagir ? Comment exprimer tout cela ?

— Vous pensez vraiment que nous ne vous aurions pas écouté ? s'étonna Actou. Des milliers de morts auraient pu être évités, si vous aviez parlé.

— C'était trop tard.

— Comment ça, trop tard ? demanda Tendanô.

— Les Féliens étaient déjà entrés dans le conflit. Nous n'avions pas prévu que les Parums seraient mêlés à tout cela en plus. Cela a pris de telles proportions. Si seulement nous avions su avant.

— Vous êtes sérieux ? rétorqua Esdenorg. Comment vouliez-vous que cela se déroule autrement, en vous acoquinant avec les Féliens ?

Pour la première fois, le faetim posa son regard sur eux. Il passa de l'un à l'autre, les sourcils froncés.

— Non. Non, ce n'est pas cela.

— C'est-à-dire ? demanda le lumien. Vous venez de dire à l'instant que vous étiez liés aux attaques.

— Oui. Nous, nous sommes responsables de ne pas avoir compris avant, de ne pas en avoir parlé plus tôt. Nous étions tellement kent sûrs que les Féliens étaient coupables des offensives en Orsinaë que nous n'avons pas reconnu les signes. Comment pouvions-nous savoir pour les Draviens ?

Le silence s'abattit. La tête dans ses mains, le faetim n'avait pas conscience de l'impact de ses mots. Le roi ornésien se tourna vers ses homologues.

— Il est en train de se moquer de nous ?

Les autres ne répondirent pas. Eux aussi ne comprenaient plus rien au discours du prisonnier. Behalem se racla la gorge.

— Les Draviens ? Comment ça, les Draviens ?

L'homme les regarda.

— Ce sont les Draviens, les responsables.

Actou était mal à l'aise. Ils l'étaient tous.

— Sauf que les Draviens ont disparu.

— Ils sont toujours en vie.

Le silence s'installa à nouveau jusqu'à ce qu'Esdenorg explosât.

— Non mais vous délirez ?

— Nous savions que vous ne nous croiriez pas.

— Et comment ! Cela n'a absolument aucun sens.

— Je vous jure que c'est vrai.

— Vous avez des preuves de ce que vous avancez ?

Le faetim se tut.

— Il dit la vérité.

Tous se tournèrent vers l'entrée. Deux ombres se découpaient dans l'encadrement. Tendanô reconnut la silhouette de Daikeno. L'homme aux longs cheveux blonds à ses côtés possédait d'imposantes ailes noires. Riaca, le roi d'Aguilerya. Ils portaient encore les stigmates de la dernière bataille.

— Sire !

Laemos se précipita à la rencontre de son chef.

— Je suis ravi de voir que vous allez bien.

— Bien entendu. À quoi t'attendais-tu ?

Tendanô et les autres approchèrent. Seul Behalem demeura auprès du faetim.

— Comment ça, il dit la vérité ? demanda Esdenorg.

— Bonjour à toi aussi, railla l'aguien.

— Riaca, ne commence pas. Ce n'est pas le moment.

— Messieurs, un peu de calme, dit Actou.

Tendanô croisa le regard de son meilleur ami. Celui-ci lui assura d'un signe de la tête et d'un sourire qu'il allait bien. Le souverain lumien s'adressa ensuite aux autres.

— Asseyons-nous.

Il s'installa le premier. Le faetim était mal à l'aise, encore effrayé par l'accueil qui lui avait été fait et intimidé de se trouver ainsi entouré.

— Les Draviens ?

La question de Tendanô visait autant le faetim que son meilleur ami et le roi aguien.

— Mais les Draviens sont morts ! s'exclama Esdenorg.

Actou posa une main apaisante sur lui.

— Laissons-les s'expliquer.

Riaca se tourna vers Daikeno. Celui-ci comprit qu'il lui donnait la parole.

— Le combat était déjà entamé lorsque je suis arrivé. On entendait des bruits d'explosions. Des cris de rage et de douleur retentissaient tout autour du Rocher. J'ai repéré assez rapidement des féliens, ainsi que des séraniens. Enfin, ce qui semblait être des séraniens.

— Des Parums, l'informa Behalem. Étaient-ils nombreux ?

— Environ un Parum – puisque c'est ainsi que vous les nommez – pour une dizaine de féliens.

— Et combien de féliens ?

— Plusieurs centaines, annonça Riaca. Sans doute cinq ou six cents individus.

— À ce point ? demanda Tendanô

— Oui, poursuivit le roi aguien. Nous avons affronté une vraie petite armée.

Ils méditèrent cette donnée.

— C'est la première fois, à ma connaissance, qu'ils se regroupent en si grand nombre, constata Behalem. Dans les témoignages que j'ai pu entendre, les assaillants ne dépassaient pas la dizaine voire la vingtaine d'individus.

— Ils étaient encore moins nombreux en Orsinaë, ajouta l'ornésien.

— Ce ne sont pas les féliens et les séraniens qui vous ont attaqués.

Le faetim baissa la tête face aux regards qui s'étaient posés sur lui. Il balbutia un vague pardon.

— Quoi ? Vous voulez dire…

— Attends, Esdenorg, l'interrompit Tendanô. Laissons Daikeno finir, nous reviendrons sur le reste après.

Le chef des Combattants poursuivit son récit.

— J'ai enfin compris ce que cet ornésien, Yanski, avait insinué en parlant de feu qui danse. Des flammes volaient au-dessus des aguiens pour les empêcher de s'élever trop haut dans les cieux. C'est ce que j'en ai conclu, en tout cas.

« Au début, elles se montraient dissuasives. Elles ont adopté peu à peu une posture offensive. Je suis intervenu lorsque j'ai deviné qu'elles essayaient de prendre au piège le roi Riaca. J'ai bloqué leur avancée avec mon Lien. Cela a surpris les ennemis. Comme je suis lumien, ils ont dû croire que les renforts arrivaient et que j'étais le premier d'une longue liste de soldats.

« Une voix étrange a alors retenti, intimant l'ordre de se replier. C'est là que je les ai vus.

— Que *nous* les avons vus », rectifia Riaca.

Daikeno s'agita sur sa chaise. Tendanô savait que ce n'était pas la remarque de l'aguien qui le faisait réagir de la sorte.

— Une demi-douzaine d'hommes se tenaient à l'écart, hors de portée de nous. L'ordre émanait de l'un d'eux. Les féliens et les parums leur ont obéi, bien qu'il y ait eu des protestations. Ces individus m'ont donné la chair de poule. Ils étaient vêtus de noir, mais avaient rabattu leur capuche.

« Ils possédaient des cheveux noirs et une peau si pâle qu'on aurait pu voir à travers. Mais le détail le plus frappant, c'était leurs yeux. J'ai eu l'impression d'être fixé par...

— Deux améthystes vivantes. »

Tous se tournèrent vers Behalem, interdits. Les iris dorés du roi brillaient avec intensité. À ses côtés, le faetim tremblait comme une feuille. Le claquement de ses dents résonna dans le silence provoqué par la description faite par Daikeno.

— Mais ils sont morts, répéta Esdenorg, la voix moins assurée.

— Je peux vous certifier que ceux que nous avons vus étaient bien vivants.

— Nous ne sommes pas les seuls à pouvoir en témoigner, confirma Riaca. J'y ai regardé à deux fois pour vérifier que je ne souffrais pas d'une hallucination. Je ne connais aucune autre race en possession de ces yeux mauves et facettés.

— Qui sont les Draviens ?

Ils dévisagèrent Laemos, bouche bée. Le roi aguien se frappa le front en marmonnant. Le jeune homme les observa tour à tour, l'air de se demander s'il n'avait pas dit quelque chose qu'il ne fallait pas.

— Les Draviens appartiennent aux races primaires, expliqua Behalem. À l'image des Féliens, ils possédaient – possèdent – le Lien du Feu. Ils sont censés avoir disparu depuis longtemps.

— C'est ce que vous aviez déjà précisé tout à l'heure. Comment cela est arrivé ?

— Cela s'est passé il y a environ cinq cents ans. Des secousses se sont propagées sur une grande partie du continent. Le regard de chacun a été attiré par un étrange halo dans le ciel, à l'extrême nord-est, au-dessus de Dravarae, qui était le nom de leur pays. Le bleu céleste avait été remplacé par un sombre rougeoiement.

« Cela dura pendant plusieurs jours. Le sol tremblait plusieurs fois durant la journée, mais aussi la nuit où cette pénombre rouge affadissait les lueurs du ciel. Tous, à l'époque, avaient compris que les volcans étaient entrés en éruption. Puis le phénomène cessa. Le roi ornésien envoya alors plusieurs de ses hommes sur place.

« Arrivés sur les lieux, le spectacle auquel ils assistèrent les effraya à un tel point qu'ils s'enfuirent. Ils ont assuré qu'aucun habitant de Dravarae n'avait pu survivre. Le pays était recouvert de lave.

— Dravarae, répéta Esdenorg dont les yeux se mirent à briller.

— Les Draviens vivaient au milieu des volcans ? demanda Daikeno.

— Oui, répondit Behalem. Après tout, cet endroit était la création de Merakos le Dragon, le Dieu-Souverain qu'ils vénéraient. La découverte des ornésiens s'est propagée sur tout Eldalarya. Elle prit une ampleur exponentielle. On commença à raconter que quiconque s'approchait s'exposait à la mort et à la malchance.

« Il faut dire que certains, désireux d'aider les Draviens, se sont quand même rendus sur place. La lave a mis des mois à refroidir, mais ils avaient encore de l'espoir. Un brouillard intense régnait. Ceux qui s'aventuraient à l'intérieur mourraient peu de temps après, étouffés par la cendre en suspension.

« Le monde continua de tourner malgré cette catastrophe. La vie reprit son cours et cet événement s'effaça peu à peu des mémoires. De nouvelles guerres menaçaient, Dravarae ne fut plus une priorité et fut même oublié au point que les cartes d'Eldalarya n'indiquèrent plus son nom, la région des volcans devenant une partie à part entière d'Orsinaë.

« Le seul endroit où il est encore possible de lire ce nom est la grande bibliothèque de la capitale séranienne, au milieu de quelques témoignages écrits sur des parchemins recouverts à présent de poussière.

— Incroyable, dit Daikeno. Cinq siècles. Cinq siècles sans entendre parler d'eux. Et ils réapparaissent, comme ça. Tout cela me perturbe beaucoup. Pourquoi ne se manifestent-ils qu'aujourd'hui ? Et surtout, pourquoi ainsi ? Est-ce qu'à cette époque les Draviens étaient en conflit avec des peuples ?

— D'après ce que je sais de cette période, les Draviens n'avaient pas de problème avec les autres races, déclara Behalem. Quant à vos autres interrogations, là, je n'ai aucun élément de réponse. »

Tendanô eut le tournis. Il s'attendait à ce que quelqu'un entrât et leur annonce une autre mauvaise nouvelle. Les événements, déjà lourds, prenaient d'énormes proportions. Aux Féliens s'étaient ajoutés les Parums. Et maintenant, le passé alourdissait leur charge en faisant ressurgir les Draviens. Le silence des autres était évocateur. Cette réunion empruntait un tournant étrange.

— Nous avons besoin de faire une pause, déclara Tendanô.

Les autres monarques acquiescèrent. Le roi lumien avait besoin d'air. Il balbutia une excuse et se retira. Le froid fouetta sa peau. Sa caresse le soulagea à peine. Il s'appuya contre le mur et inspira profondément. Un rayon de lumière perça l'obscurité. Le visage de Daikeno apparut. Il referma la porte et vint se placer à côté de son meilleur ami.

— Ça va ?

Le roi sourit.

— C'est plutôt à moi de poser cette question.

— Tu fais allusion à mes petites blessures de guerre ? Juste des égratignures.

— Tout cela va trop vite, reprit Tendanô après quelques instants de silence. Nous sommes arrivés ici avec des bribes de réponse. Et là, en l'espace d'un rien de temps, nous avons commencé à suspecter les Parums, puis les Faetims. Et voilà que quelques minutes après, on met en cause un peuple qui n'existe plus dans la mémoire collective depuis des siècles. Ça fait trop à avaler.

— La Faetim ?

— Oui, cet homme avait des documents suspects avec lui, laissant penser qu'il avait participé à l'organisation de tout cela. Enfin, pas seulement lui, mais aussi tous les siens. Mais avec ces nouvelles informations, j'ai plutôt l'impression que ces gens souhaitaient simplement aider, à leur façon.

— Je comprends ce que tu veux dire. Ils n'ont pas l'habitude des relations avec les autres peuples. Ça serait bien qu'on se penche sur cette « stigmatisation » qu'ils se sont imposée.

— Oui, sans doute. Mais il y a plus urgent, malheureusement. Toi qui les as vus, dis-moi ce que tu as pensé d'*eux*.

— Tu sais que je ne suis pas un trouillard, mais là, je t'avoue qu'ils m'ont impressionné. C'était perturbant de les voir me fixer ainsi. Ils sont déterminés.

Mais déterminés à quoi et pourquoi ?

Les deux hommes demeurèrent silencieux. Personne ne vint les chercher et il n'entendit pas la moindre bribe de conversation à l'intérieur.

Le stress de Tendanô s'apaisa. Il sentit ses muscles se détendre. En haut de cette colline, rien ne paraissait. Tout était paisible. Pas de guerre, pas de morts, pas de peuples belliqueux sortis des entrailles du passé. Mais ils n'avaient pas de temps à perdre.

— Allons-y.

— D'accord.

Ils regagnèrent la salle. Riaca conversait avec Laemos et ne leur jeta qu'un rapide coup d'œil. Esdenorg observait la statue de plus près, les mains dans le dos. Actou prenait des notes. Quant à Behalem, il discutait avec le faetim.

Le séranien remarqua les deux lumiens et les rejoignit.

— Je crois que nous devrions le laisser partir. Ce n'est pas naturel pour lui d'être ici.

Tendanô acquiesça et s'adressa au faetim.

— Je suis désolé pour ce qu'il s'est passé tout à l'heure.

Il soupira.

— Merci de nous avoir prévenus.

L'homme esquissa un sourire et se dirigea vers la porte. Daikeno le retint par le bras, le faisant sursauter.

— Vous avez dit quelque chose au sujet des attaques en Orsinaë, n'est-ce pas ?

— Oui. Ce sont les Draviens eux-mêmes qui s'en sont pris aux ornésiens.

Tous écoutèrent avec attention.

— Comment pouvez-vous en être certain ?

— Ceux qui ont fait cela maitrisent le Lien du Feu. Les Féliens auraient agi à visage découvert. Et seuls les Draviens font danser le feu.

— Et pourquoi étiez-vous en train d'espionner ?

— Je, nous voulions en savoir plus sur ce qu'il s'était passé en Seranguia, pour être sûrs.

Daikeno hocha la tête et le laissa partir.

— Attendez, vous le laissez s'en aller ? demanda Laemos.

— Ce n'est pas quelqu'un de dangereux et nous avons d'autres chats à fouetter, expliqua Behalem. Des soldats à l'extérieur s'occuperont de lui.

Le Séranien avait raison. Les Faetims étaient l'un des peuples les plus pacifistes qui soient. Partager la même attirance pour le feu que les belliqueux Féliens les avaient poussés à demeurer discrets. Une crainte non fondée que leur présence rappelle trop ces derniers. Ils pensaient vraiment avoir bien fait en agissant derrière le dos des plus puissantes. Cela se voyait dans l'expression de cet homme.

Mais Laemos pouvait se rassurer, à en juger par l'agitation derrière la porte principale. Les Aguiens en faction avaient laissé passer un intrus, ils feraient preuve d'un certain zèle pour ne pas déplaire à leur roi.

Les monarques rejoignirent leur place. Aucun ne revint sur la sortie précipitée de Tendanô.

— Reprenons là où nous en étions, dit-il. Behalem ? Que savez-vous d'autre au sujet des Draviens ?

— Comme je le disais, le feu est leur Lien. On les déclarait même si doués qu'ils n'avaient pas besoin d'exécuter de mouvement pour manier cet élément. Leur maîtrise se distinguait aussi par le côté esthétique. Je n'ai pas connaissance du concept de flammes dansantes, mais si les souvenirs que j'ai gardés de mes leçons sont exacts, ils leur donnaient des formes particulières.

— Les témoignages des rescapés en ont fait allusion, leur apprit Esdenorg.

— Et nous les avons nous-mêmes vus à l'œuvre, ajouta Riaca.

— Très bien. Quoi d'autre ?

Behalem croisa les bras.

— Chaque race primaire possède une ou plusieurs caractéristiques uniques, indépendantes de leur capacité à utiliser le Lien. Les Ornésiens, par exemple, détiennent celui de la Terre comme les Lumiens et les Silesiens, mais eux seuls peuvent modifier la structure de leur peau pour la rendre aussi résistante que la plus dure des roches.

« Les Draviens n'échappent pas à la règle. De ce que je sais, ils pouvaient manipuler la lave. Ce n'est d'ailleurs pas pour rien que l'on appelle cette dernière le feu liquide. Les Féliens n'en sont pas capables. Ils ont leur propre particularité, non maitrisée par les Draviens. »

Daikeno se tourna vers Esdenorg et Tendanô.

— Tout à coup, les propos de ce mineur ne me semblent plus aussi fous.

— Quels propos ? demanda Actou.

Esdenorg lui répondit.

— Il a découvert les corps de ses amis à l'entrée de la mine où il travaillait. Ils avaient été brûlés comme si on avait versé du métal fondu sur eux. Il y avait des flaques de lave à proximité. Il nous a parlé d'un tremblement de terre qui avait eu lieu dans la journée.

— Hum, lança le séranien. Le magma ne se trouve pas qu'au niveau des volcans. Des veines courent partout dans le sous-sol d'Eldalarya. Je ne connais pas leur niveau, mais sans doute sont-ils capables de le faire remonter à la surface d'une façon ou d'une autre.

— Ce qui signifie qu'ils pourraient le faire n'importe où dans le monde.

— Ou pas. Jouer avec la lave est dangereux. Chaque filon est relié aux volcans. Une influence sur la plus petite veinule peut entraîner de graves conséquences. Certaines théories suggèrent que la mégaéruption d'il y a cinq siècles a été causée par les Draviens eux-mêmes.

— Et à part ça, comment venons-nous à bout d'eux ? s'impatienta Riaca. Sans compter ces Parums et ces Féliens qui se sont alliés à leur cause.

— Nous ne savons même pas pourquoi les Draviens nous en veulent, souligna Actou. Peut-être devrions-nous commencer par entrer en contact avec eux et, pourquoi pas, parlementer.

— Parlementer ? Vous vous foutez de moi ? Avez-vous vu ce qu'ils ont fait ? Orsinaë, Seranguia, et même Aguilerya. Ils nous ont tourné au ridicule. Elles sont belles, les grandes puissances d'Eldalarya. Que penseront les autres pays de nous ? C'est facile pour vous de proposer de dialoguer alors que vos terres n'ont pas été touchées. Ils ont attaqué ma patrie, affront que je ne peux pardonner.

Sa voix se répercuta sur les murs de la salle.

— Je partage son avis, dit Esdenorg. Des milliers d'ornésiens sont morts, exécutés sans aucune forme de procès. C'est trop me demander.

— Les Draviens sont parvenus à réunifier sous un même commandement les Féliens et des Parums, continua Behalem. Ils alimentent la guerre civile dans mon pays. Sans doute ont-ils des raisons valables, bien que j'en doute. Dans tous les cas, je ne peux pas me permettre de me poser en médiateur.

— Tendanô ? interrogea le roi silésien.

Le monarque lumien garda le silence. Il comprenait leurs arguments. Deux choix possibles, deux choix désagréables. Les Draviens n'avaient pas agi sans motif. Quelles étaient leurs motivations ? Que s'était-il passé pendant ces cinq cents années pour qu'ils devinssent si belliqueux ?

Une partie de lui voulait leur laisser une chance de s'expliquer. Une autre ne pouvait pas négliger ces massacres. Il n'oubliait pas qu'ils devaient intervenir sur plusieurs fronts. Qu'ils soient Draviens, Féliens ou Parums, leurs ennemis avaient cherché à imposer leur terreur dans trois pays différents, dans trois puissances importantes d'Eldalarya. Il fallait composer avec cela et avec leurs propres capacités.

Nous allons devoir nous diviser.

— Nous sommes tous d'accord sur le fait que nous devons les arrêter. Je veux savoir pourquoi les Draviens ont fait cela, mais je ne peux pas non plus ignorer leurs actions. Nous nous répartirons les tâches.

CHAPITRE 13

Orsinaë, An 4503, entre le sixième et le quinzième jour de Soramadë.

Le bruit fracassant de l'eau résonnait dans leur tête depuis plusieurs heures. Chaque kilomètre avalé vrillait davantage leurs tympans. La visibilité était nulle. Des gouttelettes s'élevaient sans cesse en nuage au-dessus de la cascade. La fin de la forêt leur avait permis de s'éloigner de la rive, mais cela ne suffisait pas.

La température était plus froide dans ses plaines neigeuses et l'humidité ambiante n'arrangeait rien. La fatigue harassait hommes et chevaux. Leur préoccupation première n'était plus les Draviens, les Féliens ou les Parums. Cette cascade haute et large était devenue leur ennemie principale.

Le spectacle était magnifique, mais tous, ornésiens comme lumiens, ne rêvaient que d'une chose : arriver dans un petit village, se reposer et se réchauffer. Ils avaient repris la route depuis une bonne semaine, quittant l'ombre de la colline de Clayssane pour remonter le Lerya.

La source était à la hauteur du dit-fleuve. Elle émergeait de la paroi même de la Falaise Noire dont ils avaient un vague aperçu sombre. Les hauts amas de neige et de glace arrondis ne suffisaient pas à bloquer la puissance de l'eau, nourrie par les infiltrations des Terres Glacées Éternelles.

Les effets de ce vacarme se ressentaient sur le moral, maussade. La répétition sonore mettait les émotions à fleur de peau. Heureusement, elle les empêchait de discuter entre eux. Un avantage bienvenu qui repoussait d'éventuelles querelles. Ils s'exprimaient alors par signe seulement quand cela était nécessaire. Calmer les chevaux nerveux devenait une occupation fort agréable.

Tendanô, Behalem et Daikeno chevauchaient à la tête de presque trois cents soldats. Quelques hommes et femmes de bravoure avaient encore rejoint leurs rangs. Plus ils avanceraient, plus ce nombre augmenterait.

Ils avaient tout organisé en amont. Les chemins de chacun avaient été tracés. Actou ferait venir des combattants de son pays et ils gagneraient Seranguia afin d'assister le roi Behalem. L'objectif des silésiens et des séraniens était clair : repérer les camps installés par les Féliens et les Parums et les y déloger.

Le Lien de la Terre des Silésiens les rendait à même d'utiliser le sable du désert à leur avantage. De plus, les températures élevées ne les gênaient pas. Pour le roi séranien, les oasis étaient les endroits où chercher en premier, de même que la frontière avec Féliathe.

Les Aguiens, quant à eux et au grand soulagement de Riaca, n'avaient pas besoin de s'associer avec une autre race. Ils devaient surveiller toute la partie est de la frontière entre Orsinaë et Seranguia, soit la zone la plus haute de la Falaise

Noire. Les ennemis se trouveraient contraints de faire demi-tour. Prendre les Aguiens par surprise était une chose. Prendre les Aguiens pendant que leur vigilance était au maximum en était une autre.

La tâche des lumiens et des ornésiens s'avérait tout aussi délicate. Et surtout incertaine. Ils allaient jusqu'aux volcans, dans l'ancienne Dravarae. Leur parcours avait été préparé de façon à ce que les différents monarques pussent communiquer sans avoir à chercher au hasard. Les plus grosses haltes étaient l'occasion d'un envoi de pigeon afin de transmettre la progression.

Ils devaient faire un détour important qui les éloignerait davantage des secours. Ils ne pourraient pas traverser les Terres Glacées sans se mettre en danger. Ils contourneraient la Falaise Noire puis rejoindraient le littoral nord d'Orsinaë en passant par le maximum de petites villes ou de villages.

Puis viendrait le moment où ils n'auraient pu le choix. Ils seront confrontés au désert glacé, obligés d'emprunter une voie inhabitée. Leur destination finale était hasardeuse. Ils ignoraient où les Draviens avaient pu s'établir. Certainement vers les côtes, la pêche étant sans aucun doute leur seul moyen de subsistance dans cette région.

Mais la zone était large. Ils pouvaient se trouver tout à l'est, mais aussi tout au nord. Lumiens et ornésiens ne pouvaient pas se permettre de pénétrer au cœur même de ce territoire volcanique sans prendre le risque de se retrouver piégés. Ils ne connaissaient pas la géographie.

Tendanô, en accord avec Esdenorg, avait décidé qu'ils guideraient leurs troupes jusqu'à atteindre l'ouest des volcans. Ils demeureraient près de la côte pour avoir accès aux ressources précieuses comme l'eau et le poisson.

Le lumien s'efforçait de ne pas penser à la suite. Toute la partie du plan qui restait floue. Ils aviseraient sur le moment, en croisant les doigts pour ne pas s'être trompés, pour ne pas avoir sous-estimé les forces ennemies. Ça serait quitte ou double.

Pour l'heure, il se sentait emporté par tout cela. Les jours s'étaient succédé et avec eux, le sentiment que tout cela n'était qu'une chimère. Les blessures superficielles de Daikeno avaient déjà guéri. L'unique élément qui attestait de la véracité des faits était son regard.

Il se montrait bien plus méfiant. Il réfléchissait beaucoup, également. Tendanô savait que son meilleur ami revivait le combat, réassemblait les informations pour pouvoir mieux les utiliser et conseiller le roi le moment venu. Il passait du temps à vérifier la forme de chacun pour s'assurer que les soldats seraient prêts. Même les ornésiens acceptaient son autorité.

Leur route les éloigna un peu plus de la cascade. Ils parcoururent encore quelques dizaines de kilomètres avant d'apercevoir les premières chaumières. Ils y furent accueillis avec joie et inquiétude mêlées. Les habitants savaient qu'ils étaient des chanceux. Ils avaient échappé aux attaques, bien que leur village se trouvât dans une zone à risque qui avait connu trop de drames ces dernières semaines.

Peut-être que la Falaise Noire, à une vingtaine de kilomètres au nord, avait servi de barrière de protection naturelle. Peut-être.

Cette halte réchauffa le cœur des combattants. Les rires autour du feu étaient plus fréquents. Ils discutaient de leur quotidien, échangeaient des techniques de chasse. Certains allaient jusqu'à tourner en dérision leur mission. Ils avaient de quoi manger, ils ne mourraient pas de froid et le chant tonitruant de la cascade ne les importunait plus. Tout ne pouvait que bien se passer.

Tendanô et Daikeno se tenaient à l'écart. Appuyés contre leur paquetage, ils observaient le ciel en direction du sud. Ils avaient une belle vision de la silhouette massive de la colline de Leydane. Les lueurs nocturnes révélaient la blancheur de la neige au sommet. Dommage qu'ils n'aient pas eu le temps de monter et de se recueillir dans le temple de leur Déesse-Souveraine. De l'autre côté se trouvait le reste de leur pays, leurs proches.

Daikeno soupira.

— C'est la colline de Merakos.

Les yeux du souverain se dirigèrent vers l'ombre massive à la droite de leur colline. Lors du fameux épisode de l'Exil, les Anciens avaient attribué une place à chacun de leurs « enfants » en s'inspirant de l'implantation de leur territoire. C'est pour cette raison que la colline de Merakos le Dragon jouxtait celle de sa sœur louve.

— Tu crois qu'ils existent encore ?

Tendanô se tourna vers son ami.

— Tu nous as toi-même dit les avoir vus.

— Non, je ne parlais pas des Draviens, mais des dragons.

Le monarque avait oublié ce petit détail. Les dragons, eux aussi descendants de Merakos comme les Draviens, avaient été les seuls animaux à avoir pu survivre dans l'environnement hostile de Dravarae. Ils avaient d'ailleurs vécu en parfaite harmonie avec les habitants, à l'image des Lumiens et des loups.

— Je ne sais pas. On doit l'envisager.

— Je ne l'espère pas. J'ignore de quoi ils étaient capables. Il ne me semble pas avoir lu quelque part que les dragons fussent dangereux. Mais dans le doute, je préférerais qu'il n'y en ait pas.

— Je crois qu'ils habitaient à l'extérieur des volcans et non pas dans des galeries comme les Draviens. Ils n'ont sans doute pas pu échapper à la lave.

— On va se dire ça pour rester optimiste.

Ils entendirent un battement d'ailes. Ils commençaient à y être habitués. Le Caedor de Seranguia se posa sous le regard admiratif des villageois qui voyaient cet animal pour la première fois. Les deux lumiens ne bougèrent pas et furent bientôt rejoints par Esdenorg.

— Ils sont entrés en action. Behalem et Actou ont pu profiter de l'effet de surprise, mais ils ne sont pas sûrs que cela dure. Dès que ça a commencé à être trop risqué pour eux, les Féliens se sont enfuis en direction de l'est et non vers leur pays, au sud. Le roi séranien est certain qu'ils vont grossir les groupes déjà en place plus loin.

— Étrange, dit Tendanô. Ils ont pu capturer des prisonniers ?

— Quelques-uns, oui. S'ils ne les ont pas encore interrogés, ça ne saurait tarder.

— Tant mieux. Les Parums et les Féliens détiennent sûrement des informations au sujet des Draviens qui nous seraient utiles. Au pire découvrirons-nous comment leur union s'est faite.

— Oui.

L'ornésien s'assit à leur côté.

— Nous reprenons la route demain. Un jour de repos, c'est toujours trop court.

— En effet.

— Je croise les doigts pour que cette nouvelle étape du voyage se passe comme la précédente. Plus nous avançons, plus nous nous exposons à des attaques. Si tout se déroule bien, nous atteindrons la Falaise Noire dans quatre jours et il nous faudra quatre ou cinq jours de plus pour arriver à la ville de Moldekë.

« Je sais bien qu'en toute logique, les Combattants que tu m'avais envoyés il y a quelques semaines s'y trouvent déjà, comme je l'ai demandé. Et je sais aussi qu'il en est de même pour mes propres hommes et qu'il ne semble plus y avoir d'agression sur mon territoire. Mais ce calme m'inquiète.

— Et tu as raison d'être inquiet, Esdenorg. Mais nous ne pouvons pas faire autrement. C'est dangereux, mais ça vaut toujours mieux que d'attendre qu'ils viennent jusqu'à nous. Entre mettre en jeu quelques centaines de vies et mettre en péril des millions, mon choix est fait.

— Je sais.

Esdenorg souffla.

— Si on s'en sort, je jure que je passerais plus de temps avec ma femme et mon fils.

— Penser à l'avenir est le meilleur moyen de se motiver pendant l'affrontement.

— Peut-être. Dans tous les cas, j'espère qu'on ne se trompe pas et qu'on n'attendra pas comme des imbéciles.

— Nous verrons bien. Allons nous coucher. Nous avons besoin de prendre des forces.

Mais dormir fut plus difficile que prévu, comme chaque fois qu'ils devaient repartir. Reprendre la route signifiait se rapprocher du point de non-retour. Du danger. De la mort. C'était aussi, par conséquent, s'éloigner de son foyer un peu plus chaque jour.

Au réveil, la confiance avait été rafistolée, mais l'insouciance n'était plus la même. Quelques boute-en-train parvenaient à glisser un soupçon de légèreté. Tendanô savait que c'était leur rôle à eux de maintenir le moral des troupes. Ils ne pouvaient pas douter.

Ce n'est qu'en arrivant au pied de la Falaise Noire qu'il se sentit un peu mieux. C'est là, au centre d'Orsinaë qu'elle se terminait, après avoir presque coupé le monde en deux. À l'extrême est, elle atteignait une hauteur de deux mille mètres. Ici, environ six cents kilomètres plus à l'ouest, elle ne mesurait plus que cinq cents mètres de haut.

Mais cela restait suffisant pour leur apporter un sentiment de sécurité. Personne n'aurait eu l'idée de descendre par là. Tendanô observa la paroi sombre. Les arêtes étaient tranchantes, la roche gelée et glissante. Quelque part, au-dessus, se trouvait la petite ville de Moldekë. Sourire aux lèvres, il s'adressa à chacun.

— Mesdames, Messieurs, dans quelques jours, nous serons arrivés à notre prochaine étape. Mais surtout, nous verrons nos rangs renforcés par des soldats en pleine forme. Ne leur donnons pas envie de nous laisser sur le bord de la route et d'aller affronter les Draviens sans nous !

Des acclamations s'ensuivirent. Esdenorg secoua la tête en riant. Daikeno s'approcha assez près de son ami pour n'être entendu que de lui seul.

— C'était nul, tu le sais ?

— Ils ont applaudi.

— T'as conscience qu'ils l'auraient fait pour n'importe quoi ?

— Ils ont applaudi. Et acclamé.

— C'est vrai. Cela dit, ce n'est pas allé plus loin. Pas de grandes ruades, pas de lancement au triple galop, pas de poudreuse qui se soulève au passage des cheveux et de cris de guerre qui résonnent à des lieux à la ronde.

Tendanô observa son meilleur ami.

— Galoper sur un sol gelé recouvert de neige. Suis-je bête de ne pas y avoir pensé avant. C'est vrai qu'on manque sérieusement de membres brisés.

Daikeno lui lança un faux regard dédaigneux. Il s'éloigna sans dire un mot. Un instant plus tard, alors qu'il scrutait la route, Tendanô reçut quelque chose de froid dans la figure. Un lourd silence s'installa. Le roi n'eut pas le temps de rétorquer quoi que ce soit. Il encaissa un nouveau projectile. Le traître était Esdenorg, cette fois-ci. Ce dernier le regardait en souriant.

Je sens que ça va mal tourner.

Quelques secondes après, des centaines d'hommes et de femmes se livraient à une formidable bataille de boules de neige. Celle-ci dura une bonne dizaine de minutes. Ils en ressortirent trempés, gelés, mais défoulés. Pour un temps au moins.

Ils n'avaient pas le choix. La pause se ferait maintenant. Cela leur faisait prendre un peu de retard sur leur trajet, mais Tendanô et Esdenorg étaient d'accord pour dire que cultiver ce genre de moments ne serait que profitable. Si tant est que personne ne tombât malade.

Le lendemain, lorsqu'ils reprirent la route, Tendanô se sentait plus apaisé. Être assis sur les montures une bonne partie de la journée contribuait à mettre les soldats un peu à cran. Certes, l'activité était physique, mais elle les rendait passifs. Ces hommes et ces femmes avaient besoin de mouvement, de laisser parler leurs muscles, de dépenser une énergie brute.

De toute façon, ils n'auraient bientôt plus le choix. Les chevaux, bien que résistants au froid, ne supporteraient pas le climat glacial de la région nord du pays. Ils repartiraient de Moldekë à pied pour gagner la côte. Porter leurs provisions respectives, évoluer dans la neige et le blizzard entretiendrait leur forme.

Ils arrivèrent à la ville cinq jours plus tard. Moldekë ressemblait à Edenigë, mais en plus petit. La cité ne devait pas compter plus de cinq mille âmes. Un campement avait été installé à leur intention non loin des quelques forges, le rendant un peu plus facile à chauffer. Les habitants avaient été généreux malgré leurs modestes moyens et leur avaient fourni de la nourriture, des vêtements chauds et des couvertures en fourrure. Ils auraient de quoi faire un bon repas et bénéficieraient des vivres nécessaires pour le voyage jusqu'aux côtes.

L'accueil qu'on leur fit gonfla davantage leur moral. Tendanô était ravi de voir ses Combattants, même si la culpabilité le rongeait. La mission première de ces soldats avait été de seconder les ornésiens lorsque ceux-ci cherchaient l'identité des ennemis. À présent, ils étaient enrôlés dans les troupes qui se rendraient jusqu'à l'ancienne Dravarae.

Malgré le sourire qu'ils affichaient à leur arrivée, le roi lumien ne pouvait pas oublier qu'ils n'avaient peut-être pas pu dire au revoir à leur famille comme ils l'auraient souhaité. Il avait conscience que leur objectif premier incluait un risque de décès élevé, qu'ils le savaient et s'étaient comportés en conséquence.

Il se concentra sur la situation actuelle. D'énormes zones d'ombres demeuraient. La plus importante était qu'ils ignoraient toujours pourquoi les Draviens s'en prenaient ainsi à eux. Il y a quelques semaines encore, ce nom n'était qu'un reliquat du passé.

Malgré le témoignage de Daikeno, malgré celui de Riaca ou de n'importe quel autre Aguien, il s'impatientait de les rencontrer. Ce peuple n'avait rien de plus extraordinaire que les autres, mais leur simple absence dans les annales des siècles passés leur conférait une aura particulière, presque mystique. Comment avaient-ils pu survivre à cette éruption gigantesque ?

Tendanô observa l'horizon, au nord-est. Le blanc immaculé du paysage rendait la vingtaine de volcans menaçants. Ils étaient sombres, auréolés de nuages grisâtres. Désolés. Inhospitaliers. Renfermés sur eux-mêmes. Comment pouvait-on vivre en leur sein sans s'imprégner de cette atmosphère sinistre ? Ceci expliquait peut-être cela. Au-devant, il n'y avait rien. Juste des kilomètres et des kilomètres de terres gelées, sans faune, sans flore.

Mais cela n'excusait rien. Se posait la question de savoir quoi faire s'ils découvraient que seuls la folie, la lassitude et le désespoir avaient dicté la conduite des Draviens. Ils ne pouvaient pas tout pardonner, mais pouvaient-ils juger ? Au nom de quoi ?

À l'heure actuelle, Tendanô ne voyait qu'une option. Ils n'attaqueraient pas. Ils se défendraient plutôt. Le reste serait entre les mains des Draviens. Soit ils poursuivaient leur lutte jusqu'au bout, soit ils se rendaient et acceptaient de répondre de leurs actes. Le roi lumien sentit que la première possibilité présentait plus de risques de se produire que la première.

Tendanô profita de la soirée pour écrire un message à destination d'Aguilerya et de Seranguia pour les tenir au courant de leur progression. Les dirigeants de ces deux pays en avaient aussi fait de même, leurs missives étant arrivées deux jours plus tôt.

Du côté de Riaca, il n'y avait rien à signaler, si ce n'est quelques escarmouches traitées efficacement par les aguiens. Aucune trace de Draviens, les agresseurs étant des Féliens livrés à eux-mêmes.

Du côté de Behalem et d'Actou, les événements étaient plus mouvementés. Les contingents de séraniens et de silésiens progressaient bien qu'ils déplorassent des pertes. Actou regrettait que le dialogue n'ait pas pu être instauré, mais était tout de même soulagé que tout se déroulât bien, si tant est que l'on pût trouver cela bien d'arriver à survivre, à combattre et à tuer.

Les interrogatoires des prisonniers n'avaient pas été très concluants, la plupart n'ayant que peu été en contact avec les Draviens. De toute évidence, ces derniers avaient mêlé force de frappe puis persuasion pour asseoir leur autorité. Les résultats obtenus après les premières attaques avaient fait le reste.

CHAPITRE 14

Orsinaë, An 4503, entre le seizième jour de Soramadë et le premier jour de Clayssamadë.

Les informations reçues encourageaient Tendanô à poursuivre, tout comme elles lui donnaient matière à la réflexion. Esdenorg et Daikeno partageaient le même ressenti.

— Où sont les Draviens ? demanda l'ornésien. Behalem et Actou n'en ont pas vu, de même que les escouades de Riaca.

— Il est possible qu'ils soient dispersés, hasarda Daikeno. Ou alors, ils se sont établis à l'extrême est de Seranguia, au bord de l'océan.

— La troisième option est qu'ils se sont installés à l'embouchure du Noria.

Le Noria était, comme le Meleïka et le Lerya, l'un des trois plus gros fleuves d'Eldalarya. Comme le Lerya, il prenait sa source dans la Falaise Noire, juste devant le Rocher. Il traversait Aguilerya du nord au sud, puis passait par une petite portion de Seranguia avant de sillonner Féliathe d'est en ouest.

— C'est possible, concéda Tendanô. Féliathe est l'endroit parfait pour se cacher, les Féliens étant les seuls habitants. La jungle offre beaucoup d'avantages. Cependant, cela les isole du reste du monde et les éloigne de leur cible. Je vais confier nos réflexions à Behalem et Actou, ils sauront quoi faire.

Les deux autres acquiescèrent. Restait pour eux à parvenir à un résultat similaire.

— Et dire que nous avons encore tant de chemin à parcourir de notre côté, soupira Esdenorg.

— La partie la plus dure commence pour nous, dit Daikeno.

— Oui. Je sens déjà mon moral redescendre.

— Nous devons pourtant demeurer aussi optimistes que possible, insista Tendanô. Ou cela se ressentira sur nos hommes. Esdenorg, tu n'as qu'à imaginer que tu vas affronter des Séliens.

L'ornésien éclata de rire.

— Pas bête ça. C'est sûr que ça aurait été eux, je n'aurais pas hésité une seconde, même sur les genoux.

Il marqua une pause.

— En fait, maintenant que j'exprime cela, je me dis que ce n'est pas la meilleure réaction à avoir. Comme je vous l'expliquais l'autre fois, nous les surveillons et nos observations nous font dire qu'ils sont moins nombreux et plus faibles. Pour être honnête, j'ai presque de la peine pour eux.

« Mon père aurait été encore de ce monde, il m'aurait assuré que tout cela n'était qu'une feinte, qu'ils avaient sûrement dissimulé leur véritable force dans le sud de leur pays. Mais est-ce qu'ils nous leurreraient à ce point ? J'ai fait partie de ces observateurs, j'ai vu quelques-uns d'entre eux. C'était de la survie, à ce stade. L'autre fois, nous faisions allusion à la carrure des séliens, aussi imposante que celle des ornésiens. Les individus que j'ai surveillés étaient en mauvaise santé et amaigris.

— Les Séliens vivent en autarcie et ils ne sont pas regroupés en communautés, en villages ou en villes.

— Comme les Féliens, même si je dois bien reconnaître aux Séliens qu'ils n'ont pas leur folie.

— Ou comme les Draviens, souligne Daikeno.

— En effet. Lorsque nous sommes partis de la colline de Clayssane, je n'avais qu'une envie : les trouver et les massacrer. Je leur en veux toujours et je ne pense pas que ce sentiment changera. Mais je ne souhaite pas m'abaisser à eux. Je souhaite que justice soit faite, mais pas par la vengeance.

— De toute façon, s'ils ne veulent pas se rendre, nous nous défendrons. »

Ils regardèrent tous les trois en direction des volcans.

— Ça ne me dit rien de me battre à proximité de ces mastodontes. J'imagine la brûlure de la lave et ça me stresse. J'imagine les dégâts que pourraient occasionner nos Liens respectifs. Feu et Terre dans cet endroit. Le pire mélange qui soit.

— Nous ferons attention, assura Tendanô. Et je pense que les Draviens se connaissent assez bien pour savoir qu'ils se mettraient en danger.

Je l'espère en tout cas.

Pour plus de sécurité, ils avaient décidé d'emprunter la route utilisée par les marchands ambulants d'Orsinaë. Ceux-ci s'étaient réorganisés afin de voyager tous ensemble et non plus séparément comme ils en avaient l'habitude. Trop risqué.

Alors qu'ornésiens et lumiens étaient sur le départ, le lendemain matin, ils avaient désigné l'un d'eux pour les inviter à se joindre à eux. Tendanô les avait soupçonnés d'avoir attendu exprès pour cette raison, mais il ne leur en voulait pas. N'importe qui aurait saisi l'occasion d'être escorté par un peu plus de six cents soldats.

Alors que les combattants étaient assez tendus durant le trajet, les marchands n'étaient pas inquiets outre mesure d'être attaqués. Pourtant, ils se trouvaient en un lieu isolé, sans ville ou village à une centaine de kilomètres à la ronde. L'effet de masse jouait sur leur sentiment de sécurité.

De toute façon, il n'avait pas le choix. Ils étaient souvent le seul lien avec la population dispersée. De plus, ils fournissaient des marchandises précieuses : bois, denrées alimentaires telles des produits céréaliers, des fruits et des légumes, mais aussi des herbes médicinales.

La présence des commerçants, bien qu'un peu anxiogène car leur déplacement incluait des civils, représentait une belle source de divertissement pour les troupes. Ils rythmaient le pas, encourageaient ceux qui fatiguaient et leur apportaient quelques petites astuces pour s'acclimater à la rigueur du voyage.

Lors des pauses, ils aimaient raconter des anecdotes liées à leur profession. Courir les routes n'était pas qu'un moyen de gagner sa vie. C'était un art de vivre. Apprendre, encore et encore au contact des autres. Les hameaux, les villes pouvaient paraître semblables, il leur suffisait de creuser un peu pour découvrir les nuances, découvrir d'autres façons de faire.

Leur compagnie fut si agréable que le trajet passa vite, pareil à une promenade de santé. La marche forcée réchauffait les muscles, révélait leur potentiel. Le soir venu, les soldats pouvaient entretenir le Lien et renforcer leur cohésion. Ils agissaient tous ensemble pour manipuler la Terre et se faire des abris pour la nuit. Les Lumiens, peu habitués à manier un sol aussi dur, éprouvaient beaucoup de difficultés, au début. Le temps aidant, ils s'améliorèrent. Tendanô se satisfit de cette situation. Les siens auraient été pénalisés d'apprendre sur le tas, en plein combat.

Lui-même s'était prêté à l'exercice. Manipuler le Lien avait toujours quelque chose de galvanisant. Il lui fallait un soupçon de concentration, pas plus. Une onde chaleureuse parcourait l'intégralité de son corps. Il se sentait relié au sol sous ses pieds, percevant chaque fois l'importance du monde, sa puissance. Ce Lien intensifiait le sentiment de force. La terre suivait le cours des pensées et des gestes et permettait de la manier avec aisance. Bien entendu, il ne fallait pas en abuser. L'utilisation du Lien était plus épuisante que le recours à la force physique.

Au bout du troisième jour, le vent avait charrié un air différent. Salé. Encore quelques heures de marche et la plupart d'entre eux découvriraient l'immensité de l'océan. Leurs yeux demeuraient fixés sur l'horizon au matin, espérant que la luminosité vive leur donnât un aperçu.

Le quatrième jour, Tendanô sentit son cœur s'accélérer. À ses côtés, Daikeno était bouche bée. Les marchands sourirent face à leur réaction. Ils avaient l'habitude de ce genre de paysage.

Des milliers d'éclats leur parvenaient. Aucun d'eux n'était statique. Les particules de lumière jouaient avec l'eau et la glace. Cela n'avait rien à voir avec le fait de se balader au bord du Meleïka et de deviner la rive opposée. Là, l'étendue n'en finissait pas.

Des reliefs blancs émergeaient au milieu de l'océan. Certains atteignaient de fortes hauteurs.

C'est donc à cela que ça ressemble ?

Tendanô n'avait jamais vu d'iceberg de sa vie. Il s'étonna qu'une telle masse pût ainsi flotter, ballottée au gré de ces courants marins à peine visibles. La puissance de l'eau était effroyable, malgré son calme apparent.

— Les tempêtes, c'est quelque chose par ici, lui avait appris Esdenorg.

Après encore un bon bout de route, ils aperçurent d'étranges formations arrondies sur les rives. Des gens sortaient de ces reliefs couverts de neige. Alors que les lumiens s'interrogeaient, les ornésiens leur disaient de patienter.

Plus ils s'approchaient et plus leurs interrogations grandissaient. La fumée les renseigna : des habitations. Il était curieux de voir comment elles avaient été construites. Là aussi, ils furent bien accueillis par la centaine de villageois. Plusieurs prenaient le large à bord de petites embarcations de bois pour pêcher.

D'autres leur montrèrent les maisons. Plusieurs Combattants s'étonnèrent de cette courbure. Lorsqu'ils s'informèrent sur le procédé employé pour transformer le bois ainsi, les ornésiens éclatèrent de rire. Aucune essence de bois n'avait été utilisée. C'était un matériau trop précieux qui ne leur servait qu'à construire ou réparer leurs bateaux.

— Mais alors, de quoi sont composées vos charpentes ? demanda Daikeno.

— D'os de baleines, lui répondit un ornésien.

Le chef des Combattants le fixa, s'interrogeant sûrement sur le sérieux de son interlocuteur. Une mine de dégoût succéda à la surprise, provoquant l'hilarité chez les autochtones. Tendanô n'en fut pas épargné, mais il saluait l'ingéniosité. De la fourrure servait de toit. Puis ils rajoutaient un fin revêtement de mousse et abritaient le tout sous une épaisse couche de neige.

— C'est si gros que ça, une baleine ?

— Plutôt oui. Nous ne pêchons pas à proximité d'elles, elles pourraient nous écraser sans même sans rendre compte. Vous aurez sûrement l'occasion d'en voir quelques-unes.

Le roi s'étonna de la faible hauteur. Comment ces ornésiens, si grands, pouvaient-ils tenir dedans ? Il trouva sa réponse en regardant à l'intérieur de l'une d'elles. Elle s'enfonçait dans le sol. Il toussa, peu habitué à la fumée intérieure.

Des récipients ronds et plats avaient été disposés à certains endroits de l'unique pièce. Leur contenu diffusait un peu de chaleur, mais surtout une faible lumière. Les couleurs naturelles des fourrures avaient depuis longtemps disparu au profit de celle de la suie. Le mobilier était encore plus simple que dans les maisons lumiennes. Une table, un ou deux bancs, un grand lit, afin de ne pas rendre l'espace plus confiné qu'il l'était déjà.

Lorsqu'il ressortit, il entendit une conversation entre Esdenorg et certains de ses sujets.

— Non, nous n'avons rien vu. Aucun individu habillé de noir. Si nous n'avions pas eu des nouvelles de l'extérieur, jamais nous n'aurions soupçonné qu'il se soit passé quelque chose.

— Très bien. Souhaiteriez-vous qu'on laisse quelques-uns de nos soldats pour assurer votre protection ?

— C'est gentil, Votre Majesté, mais n'oubliez pas que nous sommes nous aussi des ornésiens qui savent se battre. On arrive à faire face à des tempêtes, ce ne sont pas quelques individus mal intentionnés qui vont nous effrayer.

— Le problème, intervint Tendanô, c'est que nous ignorons de quoi sont vraiment capables les Draviens. Les dernières informations que nous avons d'eux datent d'il y a cinq siècles.

— J'entends bien, Sire. Mais à mon humble avis, ils préféreront concentrer leurs efforts sur l'armée qui se rend jusqu'à leur terre. Vos hommes seront plus utiles avec vous qu'avec nous.

Les deux rois l'acceptèrent. Ces villageois n'avaient pas tort, mais il était normal de vouloir prendre soin d'une population déjà durement touchée. Esdenorg et Tendanô prirent congé et se dirigèrent près de leur campement. Leurs troupes avaient appliqué la même technique de construction que lors de leur trajet avec les marchands.

Nous commençons à être bien rôdé. C'est une excellente nouvelle.

Ils auraient ainsi un point fort face à un ennemi pour qui le mot solidarité devait avoir plus d'importance que tout. Le lumien le savait. Les Draviens n'auraient pas pu survivre pendant aussi longtemps, coupés du monde, sans se soutenir mutuellement. Ils le feraient encore lors de leur rencontre.

En jetant un coup d'œil vers les volcans, Tendanô remarqua le ciel au-dessus de l'ancienne Dravarae. Les lueurs de Merakos nimbaient sa première demeure d'une douce lumière colorée, un mélange de mauve et de vert. Il se demanda quelle personnalité pouvait avoir le meneur des Draviens.

Peut-être y en avait-il plusieurs. Dans tous les cas, une hiérarchie était établie. Il suffisait de voir tout ce qu'ils avaient mis en place depuis des semaines, sans doute des mois. Ils s'étaient rendus jusqu'à Féliathe pour s'allier avec les Féliens. Puis ils avaient pénétré les terres séraniennes et récupéré des Parums au passage. Tendanô espérait d'ailleurs que tout se passât bien pour Behalem et Actou. Cela faisait un moment qu'ils n'avaient pas eu de nouvelles d'eux.

Alors qu'il se dirigeait vers son abri pour lui-même commencer à rédiger une missive, un bruit sourd déchira le silence. Tendanô se figea. Daikeno sortit en hâte, torse nu. Il se préparait sans doute à changer de tunique pour la nuit.

Un nouveau son, plus fort que le premier. Il remuait leurs entrailles. Les lumiens cherchèrent à déterminer son origine. Il surprit l'échange entre un de ses Combattants et un soldat ornésien.

— Eh ! Tu entends ça ? C'est quoi ?

L'autre leva à peine la tête vers lui.

— De quoi tu parles ? Oh, les chants ? C'est rien ça.

Le monarque remarqua qu'en dehors des lumiens, personne ne faisait vraiment attention au phénomène.

— Des chants ? demanda le soldat. Des chants de qui ?

— Bah, des baleines.

À ces mots, il pointa en direction de l'océan. Tendanô observa l'horizon, se rapprocha de la rive. Il ne remarqua rien, sur le moment. Puis un nouveau *chant. Une* ombre émergea hors de l'eau, au loin. Puis une autre et encore une autre.

Daikeno le rejoignit lui.

— Par Leydane, qu'est-ce que c'est que ces trucs ?

— On vous avait bien dit que vous en verriez, intervint Esdenorg qui venait vers eux.

— Elles ont l'air énormes.

— Vous avez vu leurs os pourtant.

— Oui, c'est sûr. Mais quand même.

Le souverain éclata de rire.

— Il fait trop sombre, même les lueurs de Jorgas n'apportent pas assez de luminosité. Mais elles seront sans doute encore là demain.

En effet, elles étaient restées. Et elles avaient ponctué leur sommeil de plusieurs réveils. Le lendemain les trouvât fatigués, mais le spectacle offert par la clarté vive du matin chassa ce désappointement.

Elles devaient être six ou sept. Certaines étaient plus petites que d'autres : des mères avec leurs petits. Les mouvements gracieux de leur imposant corps dans l'onde étaient aussi fascinants que celui des icebergs flottants.

Leur chant était en réalité leur langage. C'est ainsi qu'elles communiquaient. À force de l'écouter, il instaurait de la plénitude en eux. Même lorsqu'ils reprirent la route, il les accompagna. *Elles* les accompagnèrent. Elles les escortaient dans leur périple, apaisaient leurs angoisses. Les gerbes qui jaillissaient de leur évent, leurs sauts hors de l'eau étaient comme un encouragement.

Leur chant restait ce qui troublait le plus Tendanô. Malgré les jours qui s'écoulaient, il s'émerveillait dès qu'il les entendait. Ils l'étaient tous. Ils étaient ravis chaque fois qu'ils arrivaient dans un nouveau village côtier. Ils pouvaient ainsi se poser au bord de l'eau et simplement les écouter.

Jusqu'au jour où ils parvinrent au dernier hameau. D'ici aux volcans, ils ne rencontreraient qu'un désert humain. L'ultime ligne droite. La présence des baleines ne suffisait plus. Les volcans s'imposaient davantage. Qui sait ce qu'ils trouveraient là-bas ?

— Tendanô ?

Le roi se tourna vers son meilleur ami. Ce dernier tenait un parchemin dans la main. Perdu dans ses pensées, Tendanô n'avait même pas remarqué l'arrivée du Caedor. Il lut le message.

Plus nous progressons vers l'est, plus nous rencontrons d'ennemis. Les forces sont plus équilibrées qu'avant, nos pertes ont augmenté. Ils ont eu le temps de s'organiser. Ils ont reçu des directives. Mais nous avons pu faire de nouveaux prisonniers. Les Féliens peuvent être très bavards sans qu'on ne leur demande rien. Ils *savent.* Ils *vous attendent.*

Un frisson parcourut l'échine de Tendanô. Comment les Draviens étaient au courant n'avait pas d'importance. Vu tout le mal qu'ils s'étaient donné dans cette entreprise, ils avaient sans doute réussi à glisser quelques espions. Le résultat était le même. Il n'y avait plus qu'à espérer qu'ils fussent emplis d'une confiance en eux trop grande, bien plus élevée que leur vraie force.

Il le fallait. Ou six cents hommes et femmes alimenteraient la liste des victimes. C'était ici, maintenant, que les ornésiens et les lumiens devaient commencer à concentrer leur énergie. La moindre erreur de commandement serait fatale. Tout reposait sur lui, sur Esdenorg. Daikeno était là, lui aussi, mais ce n'était pas lui le roi.

Chaque avancée, chaque pause devaient être stratégiques. Intensifier les tours de garde. Entretenir à la fois le moral et le physique. Se préparer au pire pour mieux avoir envie de vivre.

Espérer le meilleur pour ne pas se transformer en assassins.

Tendanô croisa le regard de son homologue. Il voyait se refléter dans les yeux d'Esdenorg la même lueur combative que lui. Ses mâchoires le démangèrent et il ne put s'empêcher d'y passer sa main pour se soulager. Daikeno remarque le geste.

— Est-ce que tu l'utiliseras ?

— Je ne l'espère pas.

— Tu as conscience que tu seras peut-être notre ultime recours ?

Oui, il avait conscience. Il en avait même trop conscience.

CHAPITRE 15

*Orsinaë, emplacement de l'ancienne Dravarae,
An 4503, entre le dixième jour et le dix-septième jour
de Clayssamadë.*

Les gigantesques volcans étaient leur nouveau point de repère. Le but qu'il fallait atteindre, mais vers lequel on ne voulait pas se rendre. Difficile aussi de considérer l'océan comme un ami. À croire que depuis qu'ils avaient quitté le dernier petit village, l'immense étendue aqueuse avait décidé de leur montrer un aspect moins reluisant.

Un front froid venait régulièrement les transir. Le blizzard les harcelait plusieurs fois par jour. Il y avait au moins un avantage à cette poudreuse et ces morceaux de glace projetés avec force autour d'eux : ils ne seraient pas attaqués. Il fallait être inconscients pour s'aventurer dans de telles tempêtes.

Inconscients, ils l'étaient, à n'en pas douter. Ou ils ne se trouveraient pas là. Chaque pas relevait d'une volonté contrainte. Une façon de garder sa motivation.

Les parties de pêches dans les moments d'accalmie se découvraient faussement joyeuses. Les rires se déployaient, les taquineries se faisaient nombreuses lorsque l'un d'eux attrapait un minuscule poisson.

Mais un coin des regards était toujours orienté vers la même direction, malgré les gardes. Tendanô, Esdenorg et Daikeno faisaient régulièrement le point, analysaient ce que le paysage voulait bien leur montrer à chacune de leurs avancées. Des nuages gris tournoyaient en permanence, leur dissimulant ce qui pouvait être le plus intéressant.

Aucune trace de vie. Est-ce que les draviens les observaient, eux aussi ? Ils auraient à coup sûr un point de vue bien plus avantageux que le leur durant les périodes d'accalmie, quand le vent acceptait de faire une pause.

Les nuits n'étaient pas de tout repos. La crainte exponentielle d'attaques n'était pas la seule chose à troubler leur sommeil. La nature insistait pour les accompagnait dans leur périple, à sa façon.

Comme cette nuit-là. D'horribles grincements les réveillèrent en sursaut. C'en était à un point qu'ils fussent obligés de plaquer leur main contre leurs oreilles et de serrer les dents.

Quelque chose perturbait le sol.

Lorsqu'ils sortirent de leurs abris, le spectacle les laissa sans voix. Il se déroulait sur la rive. La glace paraissait vouloir rejoindre la terre ferme. Des blocs se redressaient, se frottaient les uns aux autres dans un bruit effroyable.

— Une tempête sévit au large, expliqua Esdenorg.

— La prendrons-nous de plein fouet ? s'inquiéta Tendanô.

— Non, nous n'avons pas de soucis à nous faire sur ce point. Nous passerons juste une formidable nuit de blanche.

— Quel pays de…, commença Daikeno.

Il laissa sa phrase en suspens, mais l'intention était là.

— Les villages côtiers n'ont pas ce problème, poursuivit l'ornésien. De par leurs activités maritimes, la glace n'a pas le temps de gagner en épaisseur. Ici, il n'y a personne pour lui faire obstacle.

— C'est lugubre, déclara Tendanô. L'ambiance parfaite pour notre mission.

— Magnifique, marmonna son meilleur ami.

Comme l'avait annoncé Esdenorg, la nuit fut exécrable. C'est d'humeur maussade qu'ils reprirent leur route le lendemain. Ainsi que tous les autres jours qui suivirent. Au moins leur cohésion n'était pas entachée. Solidaires dans l'adversité. Mieux valait se serrer les coudes plutôt que d'envenimer une situation désagréable.

— Sire Esdenorg ? demanda un ornésien.

— Oui ?

— Quelles sont donc ces étranges formes droit devant nous ? On dirait des rochers, mais je leur trouve une silhouette inhabituelle.

— Soyez sur vos gardes, ordonna Tendanô.

Tous obéirent. Plus ils avançaient et plus les reliefs étaient nets. Et très sombres. À défaut d'être agréables à regarder, au moins les détournaient-ils de la domination grandissante des volcans qui emplissaient leur champ de vision.

Esdenorg s'approcha et les observa attentivement.

— C'est vrai qu'ils ont une drôle d'allure.

Il posa sa main dessus et se concentra. Il utilisait le Lien pour l'étudier plus en profondeur. Il retira ses doigts au bout de quelques secondes. Il se retourna vers eux, le visage aussi blanc que la neige.

— Par Jorgas.

Il ne put retenir sa nausée. Seul Tendanô s'approcha.

— Que t'arrive-t-il ?

Le roi ornésien ne put répondre dans l'immédiat, sa gorge subissant une nouvelle fois les assauts de son estomac.

— C'est un cadavre. Un cadavre figé. Un cadavre qui, à mon avis, et là depuis bientôt cinq siècles.

Le cœur au bord des lèvres, le monarque lumien se dirigea à son tour vers le monticule. Il l'étudia de plus près sans le toucher. Plus il le regardait et plus il visualisa la forme humaine installée dans une étrange position.

Il devina les bras repliés comme si l'individu avait voulu se protéger de quelque chose. Il observa les autres reliefs. Il n'y avait pas de doute possible. Sur la cinquantaine de rochers alentour, la plus grande majorité possédait un aspect humanoïde.

Deux masses plus imposantes le questionnèrent. Il n'arriva pas à les identifier.

— Je crois que ce sont des dragons, souffla Daikeno à ses côtés.

— Qu'est-ce qui te fait dire ça ?

— Je ne sais pas. Peut-être la peau écailleuse que l'on voit juste là.

Le souverain regarda de plus près. Sur une petite portion, des écailles sombres diffusaient leurs reflets mauves et verts. Difficile de savoir à quoi ressemblait l'animal de son vivant, une partie de son corps se trouvant visiblement enterrée.

— On a l'impression qu'il est mort hier. Ou qu'il va se réveiller à tout moment.

Tendanô en éprouva des frissons.

— Ne dit pas des choses comme ça.

— Désolé. Et maintenant, qu'est-ce qu'on fait ?

Tendanô se redressa et jeta un regard à la ronde.

— On continue. Faites attention de ne toucher à rien.

Faire se déplacer six cents individus au milieu de ce cimetière n'était pas chose aisée. Ils ne voulaient pas être séparés les uns des autres et craignaient de s'approcher à moins de deux mètres d'un cadavre, qu'il fût dravien ou dragon. La météo avait choisi ce moment-là pour demeurer clémente.

Ils pouvaient ainsi voir où ils mettaient les pieds, mais en contrepartie, une atmosphère lugubre s'était installée. Le son de leurs pas perçait à peine le lourd silence. Quelques traits d'air frôlaient ces chairs pétrifiées, laissant dans leur sillage des sifflements glaçants. Des sifflements semblables à des complaintes venues d'un autre temps. Des rappels du danger environnant.

Les derniers soldats à franchir la zone se retournaient fréquemment pour être certain de ne pas être suivis par… Ils ne savaient pas vraiment par quoi.

Au bout d'une heure, ils firent halte. La dernière. Ils n'iraient pas plus loin. Pendant plusieurs minutes, ils demeurèrent immobiles, attentifs aux mouvements éventuels. Ils se trouvaient à moins de deux kilomètres du premier volcan. C'était l'un des moins hauts, pourtant il les dominait de toute sa masse. Autant dire qu'ils étaient sur le pas de la porte, prêts à toquer.

— Nous n'aurons qu'une seule chance, chuchota Esdenorg.

— Je sais.

Tout ici le leur confirmait. Cet endroit n'était pas fait pour qu'on y demeure pendant un temps trop long. Ils ne seraient pas tranquilles. Ils étaient en territoire ennemi. L'esprit de lumien sortit de sa torpeur, pensant à tous ces menus détails qui pouvaient leur coûter la vie s'ils avaient été oubliés.

Avaient-ils prévu assez de nourriture ou auraient-ils dû faire une pause avant ? Seraient-ils attaqués dans les secondes à venir ? Il ne percevait rien. L'air ne lui apportait qu'une odeur de cendre. Rien d'inhabituel, dans ce milieu.

Pourquoi fait-il si froid ? La température ne devrait-elle pas être plus élevée ?

C'est là que le magma se trouvait concentré en une quantité titanesque. Mais sa chaleur ne semblait pas vouloir transpercer le sol pour les atteindre. Le roi s'imagina ironiquement que c'était une façon de leur dire qu'ils n'étaient pas les bienvenus ici.

— Des centaines de kilomètres parcourus, continua son homologue. Des semaines de voyages. Et pour quoi ? Quelques minutes ? Quelques heures ?

Tendanô ne dit rien.

— As-tu cette impression, comme moi, que c'était une mauvaise idée ?

Les mains du lumien tremblèrent de nervosité. Il serra les poings.

— C'était la seule possible.

— J'en ai conscience. Je l'avoue : j'ai peur. Je suis au bord de la panique, prêt à tourner les talons. Observe ces volcans. Devine la puissance qu'ils renferment pour des gens capables de manipuler la lave. On ne sait même pas combien ils sont.

Tu as raison. Mais…

— Regarde sous nos pieds, Esdenorg. Regarde derrière toi. Regarde autour de toi. La Terre est là. Nous ne sommes pas démunis.

— Nous ne pouvons pas la manier avec toute l'aisance voulue. Il y a peut-être une veine de magma juste sous nos pieds. Il y a *certainement* une veine de magma sous nos pieds.

— Eux non plus, ne peuvent pas faire comme bon leur semble. Pour la même raison que tu viens d'invoquer.

— Ils sont méfiants, intervint Daikeno. Je ne pense pas qu'ils sachent tout de nous. Ils attendent de nous voir agir en premier pour riposter.

— Ne restons pas plantés là, déclara Tendanô. Ne leur dévoilons pas trop nos doutes. Installons-nous, faisons comme chez nous. Montrons-leur que nous ne sommes pas décidés à partir.

Les deux autres approuvèrent et donnèrent leurs ordres. Bien qu'un peu surpris par le ton de leur chef, cette assurance affichée leur redonna un peu confiance en eux aux soldats.

Tout en demeurant prudents, ils construisirent quelques abris au bord de l'eau, se laissant un accès dégagé en cas de fuite inopinée. Ils poussèrent l'affront jusqu'à prendre leur repas, bien visibles.

Toujours rien.

Tendanô patienta encore une bonne heure, le temps de reprendre quelques forces et de ne pas trop perturber leur digestion. Plus les minutes s'égrainaient et plus le calme le gagnait. Un calme illusoire, celui qui vient avant la tempête. Des picotements atteignirent le bout de ses doigts. La terre gelée les appelait, prête à en découdre avec les flammes et le feu liquide.

— Essayons de les titiller un peu.

— Que veux-tu dire ? se questionna son meilleur ami.

— J'ai la sensation qu'au moindre regard détourné, nous serons attaqués. Je n'aime pas l'idée de ne pas pouvoir voir qui m'observe. Plus nous attendrons, plus nous prenons le risque de perdre notre concentration ou de leur permettre d'affiner leur stratégie. Restons dans une posture assurée.

— Tu es sûr de toi ? s'inquiéta Esdenorg.

— Il faut bien qu'il se passe quelque chose. Je refuse de tenir le siège dans ce genre d'endroit. Comme tu l'as dit toi-même, nous n'aurons qu'une seule chance. Autant la saisir le plus rapidement possible, surtout si elle peut les décontenancer.

— J'aimerais être certain que ça soit le bon moment.

— Il n'y aura pas de bon moment. Qui sait s'ils ne sont pas en train de rassembler un peu plus des leurs.

— Tu as raison. Mais comment allons-nous procéder ?

— De la façon la plus simple qui soit. En nous coordonnant. Toi et tes hommes, vous étudierez le sol et nous indiquerez où se situait la lave. Ou, en tout cas, les formations où il pourrait s'en trouver. Quant à nous, nous nous chargerons de créer un peu de remous.

Il suffit d'un seul regard du roi ornésien pour faire comprendre à ses soldats qu'il était temps d'agir. De son côté, Tendanô se concentra. Une douce chaleur se répandit dans ses bras. Il la sentit le quitter pour s'enfoncer dans le sol. Du fait de la dureté de ce dernier et de la présence de roche, il ne pouvait pas la faire aller trop profondément.

Tout en la maintenant rattachée à lui par de minces filaments invisibles, il la dirigea vers chacun de ses Combattants. Toutes et tous se retrouvaient ainsi reliés à lui, pouvaient connaitre ses ordres bien plus vite que s'il les avait exprimés à voix haute.

Le plus difficile était de ne rien laisser transparaître. Ils faisaient semblant d'avoir des échanges aussi anodins que possible. En réalité, les ornésiens transmettaient leurs informations aux lumiens à voix basse. Malgré l'appartenance à des races différentes, leur partage du même lien servait d'unificateur.

Esdenorg en fit de même pour Tendanô et Daikeno. Mieux valait ne pas trop troubler le sous-sol au-delà d'un mètre de profondeur. C'était juste, mais ils devaient pouvoir se débrouiller ainsi. Les ornésiens guidaient, les lumiens agissaient.

Maintenant.

Une vague souterraine se propagea. Rien ne transparaissait, à la surface.

Doucement.

Ils devaient prêter attention au volcan, ne pas trop le brusquer.

— N'allez pas trop loin, chuchota Esdenorg.

Un grondement sourd. Ils s'arrêtèrent. Patientèrent. Leur respiration se ralentit. Leur concentration s'intensifia. Chaque fibre de leur corps était dévolue à cette action. Leurs sens étaient en alerte. Aucun mouvement inutile. Ils donnèrent une nouvelle impulsion.

Un sifflement. Deux. Cinq. Dix.

Barrière !

La vague magique refoula. Les Combattants se rassemblèrent sur deux lignes serrées. Le sol s'ébranla et prit de la hauteur sur deux cents mètres de long. Juste à temps. À moins de cinq centimètres de son visage, Tendanô vit la danse de la pointe enflammée qui venait de se ficher dans le mur improvisé.

Trop mince.

Ils réagirent au quart de tour, assez pour engloutir l'étrange arme qui tentait de se frayer un chemin.

Dix mètres en arrière.

Il pressentait que c'était une distance suffisante pour ne pas être touché par ces projectiles. C'était un premier bon point. Ils étaient, quant à eux, loin d'avoir atteint leur limite pour troubler les draviens cachés.

Ils sont vraiment en vie.

— Ce n'est pas passé loin, constata Esdenorg.

En voyant les lumiens bouger, les ornésiens n'avaient pas posé de questions et avaient suivi le mouvement. Ils formaient maintenant un bloc de quatre lignes.

— Une centaine de lancers, déclara Daikeno. Mais je pense qu'ils sont plus nombreux. Ils ne veulent pas le dévoiler tout de suite.

— Ils créent leurs flammes à partir de rien, ajouta l'ornésien. Impossible de connaitre leur localisation.

— Il va bien falloir qu'on les oblige à se montrer. Je ne parviens pas à repérer leur odeur. Si elle est bien identique à celle de la cendre froide, comme le pensait ce mineur, Yanski, nous n'arriverons pas à les atteindre à l'aveugle.

— Nous ne pouvons pas non plus avoir recours à la force brute avec eux. Ils peuvent attaquer à distance. Nous ne pouvons compter que sur le Lien.

— Agir vite, mais avec prudence, nota Esdenorg. Deux mots qui s'accordent parfaitement. Brusquons-les un peu plus.

— À quoi penses-tu ? lui demanda Tendanô.

— Si tu me le permets, nous allons utiliser votre barrière. Il faudrait l'épaissir encore. Je dirais que soixante centimètres, ça sera parfait.

— N'oublie pas que cette terre, nous la prenons dans le sol. Son état gelé la rend instable et nous risquons de mettre à jour de la lave.

— Je sais, mais j'ai confiance dans votre contrôle.

— Et ensuite ?

— Laisse-nous faire.

Tendanô opina du chef. Esdenorg avait le regard brillant. Déterminé. Lui et les ornésiens qui se trouvaient au plus près de la barrière posèrent leurs mains dessus. Alors qu'il travaillait à l'élargir et à encourager les siens à l'imiter, Tendanô perçut une énergie semblable à la sienne, mais avec quelques différences. Il la sentait s'emmagasiner dans la roche avec facilité. La pression augmentait.

Qu'est-ce qu'ils comptent faire ?

Une détonation sourde secoua ses os et fit bondir ses organes ; il faillit perdre le contrôle de son Lien. Le mur oscilla et il lui sembla qu'il avait diminué de taille. Le roi ne pouvait pas voir de l'autre côté, mais il se doutait très bien de ce qu'il s'était passé.

Le sol trembla dans la seconde qui suivit cette déflagration. Il vit son meilleur ami apposer un de ces doigts sur la barrière pour y creuser un trou et observer. Il releva la tête, les yeux écarquillés et la bouche grande ouverte.

— C'est pas vous qui nous avez dit de faire attention ?

— Allons, nous n'avons pas frappé n'importe où.

— Quand même, tirer directement sur le volcan n'était pas ce que j'appelle une bonne idée.

— Au moins, on va les forcer à se montrer.

Quelque chose percuta le mur affaibli, les obligeant à reculer.

— Ils nous ont encore gratifiés de leurs projectiles. Ils sont plus nombreux. Deux cents ? Deux cent cinquante, peut-être.

— Cela ne nous en apprend pas plus. Chacun d'entre eux est peut-être capable d'en lancer plusieurs.

À côté d'eux, Esdenorg les somma de se taire. Il colla alors son oreille contre le sol avant de se relever d'un bond.

— En arrière, vite !

Tous n'eurent pas le temps d'obéir. Le terrain s'affaissa. Une vingtaine de lumiens et d'ornésiens chutèrent dans le trou qui venait juste de se former. Au même moment, de la lave jaillit vers les volcans en plusieurs endroits. Ses mouvements n'avaient rien de naturel et faisaient visiblement rouler le sol. Les hommes de Tendanô et d'Esdenorg qui avaient été happés furent éjectés non loin et atterrirent durement. Ils étaient trop éloignés d'eux.

Le magma cessa sa danse et retomba dans les brèches qu'il avait lui-même creusées en sortant. Sous leurs yeux ébahis, le sol bougea à nouveau. Il reprenait sa position initiale, à peu de chose près. Quelques secondes plus tard, c'est comme s'il n'y avait rien eu.

Tendanô jeta un regard alerté à Esdenorg. Le monarque posa ses mains tremblantes par terre pour l'examiner.

— Les veines sont différentes. Ils ont joué avec la pression de la lave. Bordel, ils ont recouru à leur Lien du Feu pour manipuler la terre !

Merde.

En utilisant le magma pour déplacer le sol, les Draviens s'étaient moqués d'eux. Mais Tendanô savait au fond de lui qu'ils ne devaient pas se laisser décontenancer par cette démonstration. Même si une vingtaine d'hommes et de femmes sous ses ordres se trouvaient exposés à un danger de mort immédiat, à des dizaines de mètres d'eux.

— Je crois que nous savons maintenant comme l'un d'eux a réussi à échapper à tes hommes, l'autre fois.

C'était la seule explication. Nul doute que l'individu qui avait semé la petite équipe menée par le soldat blessé rencontré dans le bureau d'Esdenorg avait utilisé la pression de la lave pour se frayer un chemin sous le sol.

Le roi lumien reporta son attention sur le petit groupe qui avait été séparé d'eux. Ils essayaient de se relever. Quelque chose bougea, non loin d'eux. Plusieurs ombres s'avançaient. Ils quittèrent l'obscurité du volcan. Tendanô avait du mal à respirer, troublé par sa frustration.

— Les Draviens, murmura Daikeno.

CHAPITRE 16

Les yeux mauves de leurs adversaires renvoyaient des éclats, comme des pierres précieuses sur un bijou. Seuls leurs iris présentaient plusieurs facettes ; leurs pupilles ressemblaient à la leur. Leur peau était très blanche, en contraste avec leur chevelure noire. Leur visage fin reflétait une expression de haine, mais ils étaient très calmes.

Ils paraissaient sortir du volcan lui-même tant leur apparence se fondait à la perfection avec la sienne. Leur apparition possédait quelque chose d'irréel. Tendanô se doutait bien que cette impression provenait de l'inconnu, de cette certitude ancrée depuis des siècles dans le cœur des habitants d'Eldalarya que ces êtres avaient disparu.

Il aurait sans doute eu le même sentiment en se trouvant face à des Parums ou des Féliens dans le désert séranien, sous l'éclat puissant de la lumière vive. Malgré tout, malgré le danger, il ne se départissait pas de cette étrange fascination que les Draviens faisaient naitre en lui.

Plus encore, il s'inquiétait de leur expression. Il cherchait en vain dans ses souvenirs du passé, dans tout ce qu'il avait appris au cours de ses trois décennies d'existence ce qui avait pu éveiller en eux un tel ressentiment, une telle haine à leur égard. Fallait-il accuser les générations précédentes, notamment celles qui avaient vécu il y a cinq cents ans ? Mais les accuser de quoi ?

Les Draviens ne voulaient pas d'excuse. Ils ne voulaient pas de dialogue. Ils avaient quelque chose à exprimer, une rancœur à libérer.

Des flammes apparurent soudainement. Fébriles. En attente d'une libération trop longtemps réprimée. Tendanô savait que leurs mouvements reflétaient les émotions de leurs maitres. Elles tournoyèrent doucement autour des vingt soldats.

La chaleur interpella ces derniers et ils relevèrent la tête. Se figèrent. Tendanô n'osait plus bouger, effaré de ce que cela pouvait signifier. Un dravien s'approcha davantage que les autres. Il se dirigea vers un ornésien. Celui-ci, dans un sursaut, tenta de l'attaquer. Une pointe de pierre s'éleva du sol, mais l'ennemi réussit à l'esquiver sans problème.

Ils sont rapides.

Le soldat essaya de se redresser. Une flamme fusa. Il hurla et retomba à genoux, une main sur son flanc. Une vague odeur de chair et de tissu brûlés leur parvint.

Il faut qu'on les sorte de là.

Tendanô se releva et, malgré la distance, fit face au dravien. Ce dernier le fixa avec intensité. Un des siens le rejoignit, mais avant qu'il ne pût parler, le premier le stoppa d'une main levée.

C'est lui qui commande.

Le chef s'attarda une nouvelle fois sur l'ornésien. Puis il passa en revue la vingtaine d'autres… prisonniers.

— Nous aussi, nous n'aurons pas de pitié.

Cette voix troubla Tendanô. L'homme ne parlait pas très fort, pourtant, il l'entendait distinctement. Il prit alors conscience des paroles que l'individu venait de prononcer. Trop tard.

Le dravien fixa le sol. En le voyant faire, son acolyte posa sa main sur son bras.

— Vous ne devriez pas, Sire.

— Je sais ce que j'ai à faire.

— Que voulez-vous ?

Les deux ennemis sursautèrent en entendant Tendanô.

Il faut que je gagne du temps.

— Rien que tu ne puisses me donner, Lumien.

Il avait prononcé ce nom avec dégoût.

— Pourquoi faites-vous cela ?

— Tu le sais.

— Non. Non, nous l'ignorons.

— Je n'ai aucune envie de discuter avec toi.

— Et moi, je le veux. Nous le voulons tous.

— Non. Tu cherches à repousser l'échéance. Moi et les miens allons te montrer à toi, à tes petits camarades et à tout ce foutu monde ce que l'on ressent quand quelqu'un cherche à se débarrasser de vous à tout prix.

Les flammes rétrécirent et descendirent. Elles s'approchèrent des prisonniers et demeurèrent statiques un instant. Graduellement, leur aspect changea. Tendanô et les siens eurent la désagréable surprise de voir qu'elles prenaient des formes familières : des loups et des ours en miniature.

— Pourquoi ? s'exclama Esdenorg qui venait de se relever d'un bond. Vous avez certainement une bonne raison.

Les flammes animalières s'immobilisèrent. Le roi dravien le scruta.

— Vous avez voulu vous débarrasser de nous.

— Mais de quoi parlez-vous ? questionna Daikeno. Nous ne savions même pas que vous existiez encore.

— Vous avez voulu vous débarrasser de nous. Lorsque les volcans sont entrés en éruption. Nos ancêtres se sont battus pour survivre. Ils ont attendu. Mais vous n'êtes pas venus.

— C'est faux ! rétorqua Esdenorg. Le souverain ornésien de l'époque a envoyé des hommes sur place. Des gens sont morts pour vous aider.

— Non. Ils ne sont pas venus pour voir si nous allions bien. Ils sont venus pour s'assurer que nous n'en avions pas réchappé.

— Vous délirez, dit le roi ornésien. Pourquoi auraient-ils fait cela ?

Le leader dravien ouvrit les bras.

— Pour ça. Nous possédons la puissance des volcans. Aucune autre race primaire n'a à sa disposition un tel avantage.

— Mais nous avons le reste. Nous avons la Terre. Nous avons l'Air. Nous avons l'Eau. Nous ne sommes pas désavantagés par rapport à vous.

— Le nom de Dravarae a disparu de vos cartes. Notre pays a été assimilé à Orsinaë. Si ce n'est pas la preuve du souhait de nous anéantir, je ne sais pas ce que c'est ! Mes prédécesseurs ont eu largement le temps de tirer toutes les conclusions qui s'imposaient.

Esdenorg secoua la tête.

— Ce n'est pas cela.

— La ferme ! Ne dites plus un mot. Nous ne nous ferons pas avoir.

Sous leurs yeux horrifiés, les flammes atteignirent les captifs. Ces derniers hurlèrent à s'en arracher la gorge, leur peau et leur chair en proie à la brûlure du feu. Le feu gagna en intensité. Les draviens ne cherchaient pas à les tuer sur le coup. Ils voulaient les faire souffrir le plus longtemps possible.

— Arrêtez ! s'époumona Tendanô.

Le roi adverse lui lança un regard. Les flammes s'éloignèrent, laissant les prisonniers en état de choc. Ils pleuraient, continuaient de crier, la voix brisée, le souffle court. Leur peau était à vif.

Les flammes se rapprochèrent à nouveau. Des petits loups de feu attaquaient les lumiens. Des petits ours de feu attaquaient les ornésiens. Les Draviens les insultaient au travers de ces formes. Ils allaient les tuer, à petit feu.

Je ne peux pas laisser faire ça.

Le roi lumien fit un pas en avant. Sentit alors une vibration brutale sous ses pieds, accompagnée d'un rugissement, près de lui. Il avait encore les yeux rivés sur les soldats torturés quand il vit les pics de roche émerger. Certaines manquèrent le dravien de peu. Quant aux autres…

Un son terrible. Plus aucun cri. La vingtaine de soldats, lumiens et ornésiens, hommes et femmes, gisaient là, leurs corps meurtris empalés sur des pointes rocheuses. Tendanô tourna la tête en direction d'Esdenorg. Le souverain ornésien avait toujours les paumes collées au sol. Se sentant observé, il leva le menton. Des larmes coulaient sur ses joues. Il ne dit rien, mais ses yeux exprimaient le principal.

Ils étaient déjà condamnés. Il fallait abréger leurs souffrances. Il le fallait.

Je sais. Je sais.

— Si je m'attendais à ça.

L'expression d'Esdenorg changea quand il reporta son attention sur les draviens. Il se releva tout doucement. Tendanô vit l'apparence de sa peau se modifier. S'épaissir. Griser. Les soldats ornésiens l'imitèrent. Ils utilisaient leur capacité particulière et transformaient leur épiderme en carapace de roche.

Esdenorg, non.

— Tendanô ?

Le roi lumien se retourna vivement vers son meilleur ami. Ce dernier lui indiqua les rangs. Il prit conscience de l'état de ses Combattants. Il prit conscience que le lien d'énergie qui les unissait à lui s'effritait.

Tout, mais pas ça.

Une aura haineuse émanait d'eux, à l'image de leurs compagnons ornésiens. La vision de leurs camarades soumis au supplice du feu les avait atteints au plus profond d'eux-mêmes. Ils étaient en train d'oublier les règles élémentaires.

— Je vais vous écrabouiller.

— Esdenorg, arrête !

Mais Esdenorg se dégagea avec violence de la main de Tendanô. Il s'avançait et, avec lui, plus de quatre cents hommes et femmes emplis de fureur.

— Restez à vos postes !

Le pouvoir de persuasion de Daikeno véhiculé au travers de sa voix devenue plus grave n'eut aucun effet. De même que les ombres qui s'activèrent non loin des pentes du volcan.

Ils sont bien plus nombreux. J'en vois des centaines d'autres qui arrivent.

Cette diversion acheva d'étioler les liens. Les draviens n'avaient pas reculé. Ils ne craignaient pas le courroux de leurs adversaires. Ils s'en délectaient même, ravis de pouvoir les attirer vers eux. Leurs sourires en coin furent de trop. Les soldats et les Combattants chargèrent.

— Non !

Tendanô et Daikeno crièrent en chœur. Derrière eux, des voix les accompagnèrent. Une centaine des leurs avaient obéi.

— Protégez-les ! ordonna le roi lumien à ceux qui avaient résisté à cet appel du sang. Daikeno, dirige-les, essaie de rattraper Esdenorg. Je m'occupe de ramener nos compagnons à la raison.

Son meilleur ami obtempéra. Quant à lui, il tenta de ne plus se laisser distraire par la scène. Difficile de faire abstraction de ces corps massifs mugissants, des charges avortées, des mouvements rapides des ennemis qui évoluaient en terre connue. De la danse morbide de ces feux.

Il devait se concentrer. La vie de ses hommes en dépendait. Il s'accroupit, posa ses mains. L'énergie se diffusait avec difficulté, chahutée par l'utilisation du Lien des lumiens et des ornésiens.

— Majesté !

Il ouvrit les yeux, agacé d'avoir été interrompu. Il chercha l'origine de cette voix dont il ne se rappelait pas. Ce n'était pas lui qui était appelé. Il vit l'homme qui s'était tenu près du roi dravien. À priori, les siens ne suivaient pas non plus le plan, leur chef en tête. Il laissait les lumiens et les ornésiens l'approcher de près. Tendanô comprit qu'il voulait en coincer le maximum dans le rayon d'action de ses flammes. Il prenait des risques et en faisait prendre à ses sujets. Tout possesseur du Lien du feu qu'ils étaient, les Draviens aussi pouvaient être victimes de brûlures.

Concentre-toi.

Il n'arrivait pas à les capter. Leur instinct animal s'était réveillé. Protéger à tout prix, défendre son territoire, défendre sa vie. Les choses se détérioraient. Ils ne tenaient plus compte de la présence des volcans. De la lave jaillit, facilitant le travail de leurs adversaires.

C'est pas vrai.

Il avait beau y mettre toute sa volonté, cela ne suffisait pas. Son désarroi se métamorphosa. Ils l'avaient choisi comme roi. Ils devaient lui obéir. La colère s'insinua en lui.

Ça suffit.

Les cris de rage se mêlèrent aux grondements de la terre.

— Fais quelque chose, Tendanô, s'époumona Daikeno.

Ça suffit.

La neige sous leurs pieds disparaissait à chaque mouvement des flammes.

— Maintenant !

Ça suffit.

Ils n'écoutaient pas. Sous l'impulsion de leur émotion, ils continuaient de combattre sans ordre, avec juste le désir d'achever l'ennemi en face.

Tendanô hurla. Les gestes ralentirent. Les regards se tournèrent vers lui, incrédules. Les battements de son cœur lui donnèrent mal à la tête. Il n'aspirait qu'à une seule chose : que cela cesse. L'odeur du sang le harcelait. Des picotements se répandirent dans chaque parcelle de son corps.

Ses mâchoires tirèrent. Il tenta de les serrer pour atténuer cette sensation, mais ce fut bientôt sans effet. Déjà, ses dents avaient grandi et mordaient sa chair. Il eut peu à peu moins froid. Des craquements, des déchirures se firent entendre. Il n'y prêtait plus attention. Ils ne l'avaient plus écouté. Il ne pouvait pas tolérer une telle insubordination

— Tendanô ?

Une voix l'appela. Il dut baisser la tête pour regarder. Esdenorg était effrayé, le regard tourné vers le haut. Vers lui. Daikeno l'observait quant à lui avec attention. Le roi lumien tomba à quatre pattes, incapable de rester debout plus longtemps. Ses jambes ne voulaient plus le porter. Il ferma les yeux.

— Tendanô !

Un nouveau cri, plus angoissé. Il souleva ses paupières. Chaque détail lui apparaissait plus net. Ses mains avaient changé. Ses ongles avaient poussé, bientôt remplacés par des griffes sombres. Ses doigts paraissaient énormes à côté des bottes de son meilleur ami qui se trouvait près de lui.

Le roi croisa le regard de Daikeno. Il devait ramener l'ordre. Il fallait que tout cela cessât, quitte à employer les grands moyens. Il n'y avait pas d'autres solutions.

Calme-toi.

Sa propre voix lui parvint, comme un écho dans sa tête.

Je ne peux pas. Les miens ont désobéi. Les ennemis risquent de prendre le dessus.

— Reculez. Vite ! cria son meilleur ami.

Un mouvement massif, autour de lui. Ses hommes ainsi que ceux d'Esdenorg s'écartèrent de lui.

Le sol s'éloigna de lui à grande vitesse. Non. C'était lui qui grandissait. Sa conscience s'installa dans un recoin, repoussée par un instinct primaire incontrôlable. Se battre. Survivre. Tuer.

Calme-toi.

Il ne pouvait plus parler. Son corps le faisait pour lui. Ses muscles continuaient de prendre de la masse. Il percevait leur puissance décuplée.

Son attention se porta sur ses adversaires. Un sentiment de satisfaction l'envahit devant ces faces en proie au doute. Les yeux de certains reflétaient son état d'esprit. Ceux-là avaient peur et pourtant, ils n'abandonneraient pas.

Ils n'ont plus rien à perdre.

Cela tombait bien : lui non plus.

Ne dis pas n'importe quoi.

Des visages apparurent dans son esprit. Des traits familiers. Sa femme. Ses filles. Il poussa un hurlement qui n'avait plus rien d'humain. Le hurlement d'un loup. Un appel.

Tu n'es pas un loup. Tu es Tendanô.

Sous ses pattes, de nouveaux picotements. Ceux-ci se propagèrent dans le sol, comme des fils qui se déroulaient. Des liens se tissaient. Il ressentait à présent chaque présence ; elles faisaient partie de lui. Elles conservaient leur droit de penser, de bouger, mais une part d'elles se trouvait attirée par sa puissance.

Guide-les. Ne les contrôle pas.

Ces présences, c'étaient celles des lumiens. Ses Combattants. Ils le regardaient. Ils attendaient ses ordres. Il avait repris la main.

Ne les contrôle pas.

Les ornésiens ne comprenaient pas. Ils étaient impressionnés par ce loup haut de quatre mètres qui se tenait auprès d'eux. Sous l'impulsion de Tendanô, les lumiens se mirent en place. Ils devinrent plus ordonnés et ne cherchèrent plus à se jeter sur leurs ennemis.

Quelqu'un avait les yeux dans le vague.

Tendanô.

Oui, il était Tendanô.

— Tendanô !

Daikeno, tout près de lui. Il vit le froncement de ses sourcils. Un avertissement. Le monarque en saisit le sens. Il devait se calmer. Il capta le regard d'Esdenorg. Il ne pouvait pas communiquer avec lui, mais il parviendrait peut-être à se faire comprendre.

L'ornésien passa de l'interrogation à la résolution.

— À moi, Ornésiens !

Ses soldats sursautèrent. Il leur fallut un peu de temps pour deviner ce qu'il voulait. Tendanô grogna. Ils se mirent immédiatement en place aux côtés des lumiens. Satisfait, le monarque reporta son attention sur les draviens.

Ces derniers n'osaient pas bouger. Ils jetaient de petits coups d'œil à leur roi, attendant ses directives. Celui-ci respirait vite. Tendanô entendait les battements de son cœur s'affoler dans sa cage thoracique.

— Non, répondit le dravien. Non, vous ne savez pas. Vous ne connaissez pas le pouvoir de la véritable entraide. Preuve en est que l'un de vos chefs est obligé de se transformer pour se faire obéir.

Apaise-les.

Tendanô laissa un peu de son énergie se disperser dans le sol. Ses Combattants ne bougèrent pas malgré la provocation. Il sentit alors le sol trembler. Il eut juste le temps d'aboyer. Les Combattants réagirent instantanément. Un immense mur de roche s'éleva et les protégea de l'attaque de la lave.

— Draviens. Voici le moment.

— Non, Sire, ne faites pas cela ! hurla l'homme qui se tenait à ses côtés.

Mais personne ne l'écouta. Les ennemis se lancèrent ensemble. Les tremblements de terre reprirent de plus belle. Ils cherchèrent à attaquer Tendanô, la cible la plus facile à atteindre. Les Combattants érigèrent plus haut le rempart, rapidement assisté par les ornésiens.

Sauve-les.

Il le sentait, sous ses coussinets. Les ondes se propageaient. Il hurla.

— Repli ! cria Daikeno pour que tout le monde pût comprendre.

— Repli ! répéta Esdenorg.

— Arrêtez ! suppliait toujours ce dravien à l'intention des siens.

Sauve-les.

Leurs jambes ne les porteraient pas assez loin. Les secousses s'intensifièrent, maintenant ressenties par tous. Lumiens et ornésiens devinèrent le danger. Ils se mirent à courir aussi vite que possible. Leur vie en dépendait.

Le roi lumien pouvait largement les distancier, mais il n'avait pas le droit de les abandonner ainsi.

Sauve-les.

Sa propre voix martelait dans sa tête.

Tu es Tendanô. Tu es un lumien.

Il envoya une nouvelle vague d'énergie. La surface ondula. Un immense bloc rocheux s'éleva. Trop tard.

Le souffle le projeta en arrière. Une douleur vive envahit sa patte avant gauche. Il hurla. Son cri fut stoppé net lorsqu'il percuta le sol avec violence.

Protège-toi. Protège-les.

Mais comment ? Il ne les sentait plus. Il faisait rouge. Il faisait chaud. Il ne cessait pas d'être valdingué à gauche et à droite. Il répondit à son instinct. Il se roula en boule et fit appel à ce qu'il lui restait de son énergie pour capter chaque morceau de roche qui le touchait. Pour les retenir contre lui. Ce n'était pas aussi efficace que la carapace des ornésiens, mais cela pouvait au moins l'empêcher de se briser les os.

Il se sentit glisser. Rebondir. Glisser à nouveau. Combien de temps cela dura-t-il ? Il s'aperçut qu'il avait les yeux fermés. Il ne faisait pourtant pas noir. Il entrouvrit une paupière. L'horizon bougeait. L'horizon était en feu. Ses rétines brûlaient. Sa force diminuait. Il n'en pouvait plus. Un dernier choc, puis ce fut le noir complet.

CHAPITRE 17

Lumpiaë, An 4503, dixième jour de Shenramadë.

Un élancement lui fit lâcher la missive sur le bureau. Tendanô passa sa main valide sur son bras. Il sentit la chaleur se propager telle une pulsation. Malgré les semaines écoulées, elle subsistait. Les cataplasmes de miel guérissaient la brûlure, mais lentement. Il ne parvenait toujours pas à bien se servir de son membre.

Le roi lumien s'appuya contre le dossier de sa chaise. Il se frotta les yeux. Un mal de tête ne le quittait pas depuis le matin, conséquence d'une nouvelle nuit d'insomnie. Il en faisait beaucoup depuis plusieurs semaines. Si le stress ne le harassait plus autant en journée, les cauchemars étaient encore nombreux. Comment pouvait-il en être autrement ?

Chaque fois qu'il regardait le ciel, tout lui revenait en mémoire. Le jour, des ombres grises ; la nuit, une lumière rouge. Les volcans n'avaient toujours pas apaisé leur colère. Il revoyait leur explosion, cette fuite face à l'assaut de la lave. La suite était un peu floue. C'est Daikeno qui la lui avait racontée.

Ceux qui ne s'étaient pas évanouis et qui étaient valides avaient eu du mal à réaliser. Ils s'étaient éloignés autant que possible, soutenant les autres comme ils pouvaient. Le roi lumien avait lui-même bénéficié de cette entraide. Le déploiement d'énergie qui avait été le sien à la fin du combat l'avait épuisé.

En sombrant dans l'inconscience, il avait perdu sa forme animale ainsi que tous les bénéfices qui allaient avec. Heureusement pour lui, Daikeno et Esdenorg s'étaient chargés de le secourir. Leur instinct de survie avait fait le reste. Leur Lien aussi. C'était ce qui les avait sauvés de la lave.

Ils s'étaient souvent arrêtés, usant de leur maigre énergie pour construire des remparts, encore et encore. Le souffle s'était avéré plus violent que le magma en lui-même, ralenti par le sol gelé qui le refroidissait. Peut-être n'était-ce pas que la colère qui avait poussé Jorgas l'Ours a créé les Terres Glacées Éternelles. Peut-être savait-il que seul cela handicaperait Merakos le Dragon.

Quand lumiens et ornésiens s'étaient sentis à l'abri, ils n'avaient plus bougé, prostrés, tétanisés par le spectacle. Ils avaient attendu, veillé ceux qui étaient trop faibles pour se déplacer ou se réveiller. Puis ils s'étaient relevés et étaient repartis. Ils étaient revenus sur leur pas. Mais ils étaient deux fois moins nombreux.

Tendanô sentit son cœur et sa gorge se serrer à l'évocation de cet épisode.

Ils avaient avancé aussi vite que possible pour atteindre les villages. Ils ne s'étaient plus posé de question. Ils ne pouvaient rien faire d'autre. Il fallait s'éloigner au plus vite pour ne pas perdre ceux qui restaient.

Les habitants les avaient accueillis et soignés du mieux qu'ils avaient pu. Sa mémoire était beaucoup plus limpide à partir de là. Les lumiens et les ornésiens ne voulaient qu'une chose. Partir. Retourner chez eux. S'assurer que personne n'avait rien. S'éloigner au plus vite de ce cauchemar.

Ils ignoraient quelle influence tout cela avait eu sur le reste d'Eldalarya. Tout avait déferlé sur les Terres Glacées. Ils ne s'étaient pas aventurés pour vérifier jusqu'où cela s'était arrêté. Ils devaient se rendre à Moldekë. Envoyer des messages. Dire qu'ils allaient bien. Demander un état des lieux à Aguilerya et Seranguia.

C'est dans la petite ville que les deux rois s'étaient séparés. Esdenorg souhaitait retourner le plus vite possible à Edenigë. Pour revoir sa femme et son fils. Réfléchir à ses actions. Réfléchir à ce qu'il devait faire par la suite. Tendanô et Daikeno, accompagnés de ce qu'il restait de l'armée lumienne, étaient repartis en Lumpiaë.

Mais pas par n'importe quel chemin. Ils avaient sillonné la route qu'ils avaient prise à l'aller. Ils voulaient repasser dans chaque village, raccompagner chaque Combattant, garder chaque nom gravé. Hors de question pour le souverain de les laisser retourner à l'oubli comme ça. Hors de question de les laisser retourner à leur quotidien sans prendre de leurs nouvelles, sans chercher à savoir comment ils vivaient l'après.

Quant à lui, il avait une autre mission importante à remplir. Voir la famille de chaque disparu. Annoncer la mauvaise nouvelle à chaque mère, chaque père, frère, sœur, femme, époux et enfant. Ne pas détourner le regard face à la détresse dont il était en partie responsable.

Il se rappela cet instant où il fit part à une vieille dame du décès de deux de ses quatre enfants, un fils et une fille. Les yeux brouillés de larmes, elle lui avait adressé des paroles qu'elle avait voulues réconfortantes.

Ils savaient ce qui les attendait. C'était leur décision.

À quel moment devait-il se défaire de ce sentiment de culpabilité ? À quel moment devait-il se dire que ce n'était pas sa faute ? Il soupira. Seul l'avenir lui répondrait.

Ils avaient pris leur temps pour arriver jusqu'à Melkyo. De la centaine de soldats qui avaient quitté la capitale avec lui, il n'en restait que cinquante. Là aussi, il ne s'était pas départi de sa mission et était allé voir les proches. Il se rappellerait chaque fois qu'il les croiserait.

Enfin, il avait pu retrouver sa famille.

Il revit le visage pâle de Juniki. Ses mains hésitantes devant les brûlures de son bras. Elle lui avait confié, quelques jours plus tard, que le plus dur pour elle avait été de voir l'expression de ses yeux. Cette sensation d'impuissance qui l'avait envahi à ce moment-là. Deliki et Elina, malgré leur jeune âge, avaient tout de suite deviné. Elles ne lui avaient pas sauté au cou. Elles s'étaient approchées doucement. Il les avait gardées dans ses bras pendant de longues minutes.

Il n'avait même pas ressenti de honte lorsqu'il avait vu le visage de son beau-père. Celui-ci lui avait bien fait comprendre, d'un haussement de sourcil, qu'il avait le droit. Le droit de ne pas être parfait, le droit d'éclater en sanglots si l'envie lui en prenait, le droit de s'accuser de tous les maux. Mais qu'il avait également le devoir de ne pas se laisser aller à la mélancolie. Que cela ne changerait rien au passé.

Il avait encore beaucoup à faire. Il jeta un nouveau coup d'œil aux parchemins. L'un d'eux venait de Riaca. Le roi aguien s'était trouvé aux premières loges lors de l'explosion des volcans. La déferlante de lave n'avait pas atteint son pays, mais l'éruption avait eu une autre conséquence, tout aussi grave. Une énorme faille s'était formée depuis l'intérieur des Terres Glacées Éternelles et avait coupé la falaise en deux.

Selon ses observations, elle avait poursuivi sa route en Seranguia. Il ignorait jusqu'où, n'ayant pas poussé plus avant son investigation. Il avait ses propres problèmes à régler. La cendre projetée avait rapidement commencé à retomber sur ses terres. Il devait s'organiser pour ne pas la laisser paralyser son pays. Elle était dangereuse pour les siens.

Dans un post-scriptum, il précisa qu'il ne voulait pas la moindre d'aide. C'était du Riaca tout craché. Tendanô n'insisterait pas.

Il s'empara du deuxième rouleau, lequel portait la signature de Behalem. Séraniens et Silésiens avaient fait face à de rudes combats dans l'est de Seranguia. Les Féliens et les Parums avaient été rassemblés en grand nombre. Ils étaient sans chef réel, mais unis par une même soif d'en découdre.

Les affrontements avaient été équilibrés, mais difficiles. Trop longs. Les troupes réunies par Behalem et Actou, trois fois plus nombreuses que celles des lumiens et des ornésiens, avaient perdu près d'un tiers de leurs effectifs durant les batailles. Tendanô se sentait mal à l'idée d'avoir plus de peine pour les quelques trois cents hommes et femmes qui étaient morts devant ses yeux que pour ceux qui étaient décédés dans le désert.

Là-bas, les combats s'étaient poursuivis jusqu'au moment de l'éruption. À cette vision, les Féliens et les Parums s'étaient tout simplement enfuis. Tant que le joug des Draviens pesait dans leur esprit, ils avaient obéi à leurs directives. Les Draviens tombés – pour eux, cette éruption ne pouvait signifier que cela – ils s'étaient éparpillés.

Behalem et Actou ne s'étaient pas posé la question bien longtemps de poursuivre ou pas les ennemis. La terre tremblait. Se trouver à proximité des gigantesques dunes devenait dangereux. Et ils avaient tous les deux eu un mauvais pressentiment.

Ils avaient fait demi-tour avec leurs soldats. Plus d'une fois, ils durent changer de trajectoire. Leur route avait croisé une faille. Par bonheur, ils étaient parvenus à localiser une zone de passage. Une quantité de sable importante avaient comblé le fossé à certains endroits formant un pont bienvenu.

De retour à la capitale séranienne, Behalem n'avait pas perdu de temps. Il avait envoyé plusieurs équipes de reconnaissance pour mesurer l'ampleur de la catastrophe. Le pays était presque coupé en deux. Des cartographes avaient déjà commencé à reporter cette faille, laquelle semblait poursuivre sa route jusqu'en Féliathe.

Les bouleversements sur Eldalarya se ressentiraient pour au moins la génération suivante. Il aurait préféré léguer autre chose à ses filles. Pensif, il observa la luminosité au travers de la fenêtre.

Ça sera bientôt l'heure.

Quelqu'un frappa à la porte. Tendanô reconnut l'odeur de son meilleur ami. Daikeno entra. Il avait l'air grave, sur le point de lui annoncer quelque chose d'important. Ses blessures avaient presque toutes guéries ; il avait eu la chance que Tendanô, sous sa forme de loup, se soit trouvé entre lui et l'éruption.

Le lumien s'étonna qu'il soit venu le chercher. Ils devaient se retrouver dehors.

— Tu devrais venir voir ça.

Il ne semblait pas paniqué. Tendanô se demanda ce qu'il pouvait bien lui vouloir. Il le suivit dans les couloirs, puis à l'extérieur du bâtiment. À l'arrière. Vers le chemin qui menait à sa demeure.

Mais Daikeno ne poursuivit pas dans cette direction. Il emprunta une petite piste dissimulée par le couvert des arbres. Le roi savait qu'elle conduisait jusqu'à la rive de l'affluent du Meleïka qui passait derrière la ville. Il ralentit le pas. Une odeur inattendue flottait dans l'air. Sans l'assurance de son ami, il se serait méfié.

La mâchoire lui en tomba lorsqu'il vit l'individu qui patientait, assis au bord de l'eau. L'homme se releva. Il était un peu plus grand qu'eux, mais plus famélique, comme s'il ne mangeait pas à sa faim. Il ne portait qu'une sorte de pantalon noir trempé. Des gouttelettes dégringolaient de ses courts cheveux gris foncé et ruisselaient sur sa peau gris bleu brillante. Il le fixait de ses étranges yeux dont l'iris ébène occupait tout l'espace.

Un sélien ?

C'était la première fois qu'il en rencontrait un. Une pointe d'appréhension lui noua le ventre, conséquence de ses nombreuses conversations avec Esdenorg. Il chassa cette gêne. L'homme n'était pas agressif et l'animosité entre les Ornésiens et les Séliens ne regardait pas les Lumiens. De plus, la dernière fois que son ami avait parlé d'eux, il les avait plaints.

— Bonjour à vous, roi de Lumpiaë. Je suis ravi de vous rencontrer.

— Moi de même. Mais qui êtes-vous ? Et que pouvons-nous faire pour vous ? Je pensais que vous ne pouviez pas vous éloigner des côtes.

Le sélien sourit, dévoilant des dents pointues.

— Il serait plus juste de dire que nous ne pouvons pas trop nous éloigner d'un point d'eau important, comme une rivière ou un fleuve. La réponse à votre première question n'est pas très intéressante. *Je* ne suis pas intéressant. Quant à votre deuxième interrogation, il ne s'agit pas de nous, mais d'Eldalarya.

Tendanô déglutit.

— Je vous écoute.

L'homme hocha la tête et il s'assit à nouveau sur le sol. Il invita Tendanô à en faire de même. Seul Daikeno resta debout, appuyé contre un arbre. Le sélien observa la surface du large fleuve pendant quelques instants.

— Il est difficile d'échapper aux paroles des Corycians quand nos oreilles sont habituées au langage diffusé dans l'onde, commença-t-il. C'est ainsi que nous avons su ce qu'il se passait. C'est ainsi que nous savons ce qu'il en est aujourd'hui.

Les Corycians faisaient partie des races secondaires. C'était une race assez particulière aux mœurs et à la physiologie éloignées des autres peuples. Leur élément fétiche était l'eau, mais il ne s'agissait pas seulement d'une attirance pour cet élément. Les Corycians faisaient partie intégrante de l'eau. Leur corps et leur esprit *étaient* l'eau. Ils ne se montraient jamais et ne s'intéressaient pas vraiment à autre chose que leur monde maritime. Les Séliens et quelques autres races aquatiques étaient bien les seuls à pouvoir les croiser.

— Qu'est-ce que les Corycians vous ont dit ?

— Nous dire ? Rien de façon volontaire. Mais ce sont de véritables pipelettes quand ils sont entre eux. Il suffit de tendre l'oreille au bon moment. Nous avons découvert ce qu'il s'est passé sur le continent. Nous avions connaissance des attaques, mais nous ne connaissions pas tous les détails.

« Nous étions tributaires des bavardages des Corycians. Impossible de savoir si tout cela était vrai ou non. Et nous n'osions pas remonter le cours des fleuves et des rivières pour en apprendre davantage.

« Jusqu'à ce que les volcans se mettent en colère. Nous avons senti la terre trembler, mais aussi l'océan changer. La température a augmenté. La vie maritime s'est agitée. Les Corycians étaient paniqués, leurs paroles se faisaient plus anarchiques. Une vraie cacophonie. Je supporte très mal de plonger dans les flots quand ils sont dans cet état. »

Le sélien marqua une pause et prit une inspiration. Parler autant ne devait pas être dans ses habitudes. Tendanô prit conscience qu'il était venu seul. Est-ce que d'autres séliens se trouvaient dans les parages ?

— Nous aimons ce continent. Quand nous ne nageons ou ne pêchons pas dans les profondeurs, c'est sur la terre ferme que nous évoluons. Nous craignions pour le reste du monde. Des échos de nombreuses morts nous parvenaient. Les vagues transportaient les chants des Séraniens, détenteurs du Lien de l'Eau, comme nous, qui immergeaient leurs défunts.

« Nous en avons appris un peu plus. Il fallait juste le temps que l'information circule. Je sais que vous, sur terre, vous ne pouvez pas vous rendre au nord-est, dans la région des volcans. Mais les peuples de l'eau le peuvent et des Corycians s'en sont approchés autant que possible. L'ancienne Dravarae s'est détachée du continent. La surface est rouge de lave. »

Sous le choc, Tendanô ne put prononcer un mot. Il n'était pas sûr de comprendre les propos de son interlocuteur.

— Une partie du continent a été arrachée ? demanda Daikeno.

— Oui, d'après ce que nous avons entendu. À la hauteur de l'éruption. À côté, celle de la Grande Catastrophe devait être bien faible. Vous avez eu beaucoup de chance.

« Roi Tendanô. Restez prudent. Il ne faut pas laisser se reproduire ce qu'il s'est passé il y a cinq cents ans.

— Vous voulez parler des Draviens ?

— Oui. À l'époque déjà, on pensait qu'ils n'avaient pas pu survivre. Mais j'ai le pressentiment qu'il ne faut pas tirer de conclusion hâtive. »

Tendanô acquiesça. Lui aussi ressentait ce besoin de prudence, même poussée à l'extrême. Mais ce n'est pas sous son règne que l'on saurait si les Draviens avaient survécu – une nouvelle fois. Avant qu'ils eurent le temps de comprendre, le sélien se leva et plongea dans l'eau. Il réapparut quelques secondes plus tard. Le monarque vit alors des fentes qui s'ouvraient et se fermaient au niveau de ses pectoraux et de son cou.

— Vous partez déjà ?

— Oui, roi lumien. Je vous ai dit ce que j'avais à vous dire. Je ne peux pas rester plus longtemps. Je dois retourner chez moi.

— Je vois. Je vous remercie d'avoir fait un si long chemin. Si un jour vous avez besoin de quoi que ce soit, n'hésitez pas.

— Je sais. Mais nous n'en ferons rien. Nous ne voulons pas vous mettre dans une position délicate vis-à-vis d'Orsinaë.

Sur ses dernières paroles, il plongea une nouvelle fois. D'une simple impulsion, il suivit le courant, se déplaçant avec une rapidité étonnante. Bien qu'un peu réservé, il s'était montré courtois et il avait eu à cœur de participer, à son modeste niveau. Tendanô repensa à ce qu'Esdenorg lui avait dit au sujet de ses anciennes missions d'espionnage des Séliens. Peut-être y avait-il un espoir, même mince, que cela s'arrange entre ces deux peuples.

— J'espère que nous aurons l'occasion de revoir quelqu'un comme lui à l'avenir.

— Moi aussi.

Une clameur étouffée leur parvint.

— Je crois qu'il est temps d'y aller, Votre Majesté.

Tendanô soupira.

— Oui, le grand moment est arrivé.

CHAPITRE 18

Les deux lumiens s'engagèrent en silence sur le chemin. Tendanô sentit le stress monter en lui. Ses doigts picotèrent. Il savait aussi que son meilleur ami guettait ses réactions. Il n'était pas au mieux de sa forme, mais il devrait faire avec.

Ils pénétrèrent dans la bâtisse pour en ressortir immédiatement par la porte principale. Il y avait du monde. Les gens étaient grimpés dans les arbres, cherchaient à escalader les reliefs des bâtiments. Des odeurs de viandes les entouraient. La capitale était en ébullition. C'était jour de fête. Les préparatifs avaient commencé à leur retour, une semaine plus tôt.

La fin de la journée serait consacrée à l'hommage des victimes, sous les lueurs de Leydane. Ils espéraient tous que cela suffirait, à défaut d'avoir pu offrir aux lumiens tombés un enterrement digne de ce nom.

L'après-midi serait dédié à la célébration des vivants, ceux qui avaient pu revenir. Ils prenaient une place à part dans l'esprit des habitants. Quelques-uns pensaient que c'était la Déesse elle-même qui les avait protégés.

Mais le moment qu'ils attendaient tous allait avoir lieu ce matin même. Dans quelques minutes. Hashilo avait demandé un Duel. Il remettait en cause la position du roi et voulait ainsi prouver à toutes et à tous que le souverain était faible. C'était osé de sa part, mais pas surprenant. Il espérait aussi pouvoir laver l'affront que Tendanô lui avait fait, six ans plus tôt, en remportant le Duel qui les avait opposés pour prendre le titre de Danko.

Tendanô aperçut sa femme, ses filles et son beau-père qui se tenaient non loin de l'estrade aménagée dans la cour d'entraînement. C'est là qu'aurait lieu le Duel. Un large espace avait été dégagé pour laisser de la place aux adversaires.

Le roi croisa le regard de Juniki. Elle lui adressa un sourire d'encouragement. Danko, à ses côtés, affichait la même expression. Il n'avait pas à s'en faire. Hashilo attendait déjà, fier. Il escomptait sans doute que la blessure de Tendanô lui facilitât la tâche. Ça et la fatigue du voyage et de ses insomnies. Mais ce n'était pas vraiment un avantage. Hashilo était plus vieux, moins alerte. Ils se retrouvaient donc à égalité.

Le silence se fit quand la foule vit le roi arriver. La première étape allait débuter. Tendanô s'arrêta un instant et jaugea son opposant.

— Tu es sûr de toi ? l'interrogea Daikeno.

— Oui, absolument.

— Très bien. Tu as tous mes encouragements dans ce cas.

Il remercia son meilleur ami et grimpa les quelques marches. Ses mâchoires le démangèrent. Il serra les dents. Le moment était important. Il regarda les habitants réunis qui attendaient avec impatience

— Chers lumiens ! Aujourd'hui, ma place de roi est menacée. Aujourd'hui, quelqu'un en a fait appel au Duel. Hashilo ! Confirmes-tu ? Restes-tu sur ta position ? Es-tu sûr de vouloir te mesurer à moi, Tendanô, protégé de Leydane, roi de Lumpiaë, successeur de Danko ?

— Je confirme ! Moi, Hashilo, je te défie ! Que ceux de notre race et que la Déesse m'en soient témoins. Et toi, oseras-tu relever mon défi ? Es-tu assis avec assurance sur ton trône ? Où n'es-tu qu'un lâche, un usurpateur ?

La provocation dont il faisait preuve était normale. Elle atteint néanmoins le cœur du roi. Il rassembla son courage.

— Non. Je refuse. Je ne relèverais pas ton défi.

Les yeux d'Hashilo s'arrondirent de surprise. Il ne s'attendait pas à une telle réponse. Il n'était pas le seul. Tous les spectateurs le fixaient avec un air d'incompréhension. Le silence était tombé sur l'assemblée. Tendanô perçut le rire étouffé de Daikeno, ainsi que l'expression entendue de sa femme et de son beau-père. Eux seuls savaient depuis le début.

— Tu refuses ? bredouilla son opposant.

— Oui. Mais sois bien conscient d'une chose. Ce n'est pas par peur de t'affronter.

Il s'arrêta. Fouilla les visages. Il reconnut certains de ceux et celles qui l'avaient accompagné. Leurs yeux étaient cernés. Il savait que s'ils affichaient un air joyeux, au fond, ils y pensaient toujours. Comme lui. Il observa une nouvelle fois son meilleur ami. Lui aussi avait ce même regard. Donner l'illusion pouvait être facile. Mais elle n'enlevait rien à la souffrance du souvenir.

— Alors quoi ? Sa Majesté le roi Tendanô s'est retrouvé confronté à une bande de Draviens incapables de se contrôler et il a eu les foies ?

Daikeno tenta de grimper sur l'estrade, mais il fut retenu par Zenro qui venait d'arriver derrière lui. Tendanô soutint le regard d'Hashilo. Dans la foule, quelques voix s'élevèrent contre les paroles que ce dernier venait de proférer.

— Oui. Oui, j'ai eu peur. Peur de voir les miens mourir et de me découvrir que je ne pourrais pas tous les sauver. Chaque nuit je suis réveillé en sursaut par mes propres angoisses. Sais-tu ce que cela fait de se retrouver au cœur d'un combat ?

« Je parle d'un vrai combat et pas d'un duel comme celui qui nous a opposés il y a quelques années. Sais-tu ce que cela fait de voir quelqu'un être brûlé vif sous tes yeux ? Sais-tu ce que cela fait de voir que de tous ceux qui t'ont suivi, il n'en reste que la moitié ?

« As-tu déjà croisé le regard d'un ennemi empli de haine, un ennemi qui te déteste parce que tu vis alors que lui n'a fait que survivre ? J'ai eu tout le temps de penser à cela pendant mon trajet de retour. Et j'en suis venu à la conclusion que je ne voulais plus revivre quelque chose comme ça. Si cela fait de moi un lâche, alors soit, nomme-moi ainsi si ça te chante. J'ai assez confiance en nos frères et sœurs lumiens pour savoir qu'ils comprendront ma décision. »

— Tu aimes ton pays, mais tu n'es pas dérangé par l'éventualité que je devienne roi alors que tu penses que je n'en suis pas digne.

— Tu n'es pas encore roi, Hashilo. Encore faut-il que le peuple soit d'accord.

— D'accord ? Il n'y a pas d'autres prétendants !

— Ça, on ne sait pas encore, intervint alors Danko.

L'ancien souverain monta sur l'estrade.

— J'ai l'impression qu'avec les années qui passent, ta mémoire se fragilise, mon cher Hashilo. La première étape vient de s'achever. Tendanô a donné sa réponse. Il refuse le Duel et a fait le choix d'abdiquer. Il est temps de passer à la deuxième étape.

L'homme se tourna alors vers la foule.

— Est-ce que quelqu'un s'estime assez digne pour régner sur Lumpiaë ? Est-ce que quelqu'un veut affronter le prétendant officiel ?

Tendanô jeta un coup d'œil vers son meilleur ami. Juste pour le plaisir de frapper Hashilo, Daikeno serait capable de dire oui. Il continuait de fulminer, mais il ne bougea pas.

— Moi !

Une rumeur parcourut la foule alors que le cœur de Tendanô fit un bond dans sa poitrine. Il dirigea son regard vers la voix qui venait de s'exprimer. Il n'en revenait pas. Jamais il n'aurait cru cela possible.

Actou se fraya un chemin et les rejoignit. Il lui adressa un sourire. Le lumien était abasourdi. Hashilo aussi.

— C'est une plaisanterie ? C'est un Silésien ! Seul un lumien peut participer au Duel et prétendre au trône de Lumpiaë.

— Faux, rétorqua Danko. Seuls des lumiens ont toujours participé à un Duel. Mais rien, dans nos lois, n'a jamais empêché un représentant d'une autre race de revendiquer le droit à régner. Après, si mes prédécesseurs ont préféré taire cette information au point qu'elle soit oubliée, nous n'y pouvons pas grand-chose.

Un petit sourire victorieux naquit sur les lèvres de l'ancien monarque. En proie en doute, Hashilo se tourna vers un de ces proches pour avoir confirmation. Gêné, l'homme lui adressa un petit signe de tête. Hashilo resta stoïque quelques instants, puis se retourna.

— Et bien, pourquoi pas ? Cela ne changera rien au résultat.

Tendanô continua de fixer Actou, bouche bée. Il ne savait pas quoi dire. Ce fut le roi silésien qui s'adressa à lui avec discrétion.

— J'espère que vous ne m'en voudrez pas, comme vous n'en voudrez pas à votre beau-père. Il m'a contacté il y a peu de temps. Il se doutait que vous abandonneriez votre trône, mais il ne supportait pas l'idée qu'Hashilo prenne la place. Il a alors cherché quelqu'un qui pouvait remporter l'adhésion du peuple, mais qu'il estimait assez réfléchi.

Sur ses paroles, il rougit.

— J'ai été très honoré qu'il me le demande. J'ai beaucoup hésité. Mais nous avons eu assez d'échange par le passé vous et moi pour que je sois au fait de tout ce qu'il y a à savoir sur Lumpiaë. Il a fini par me convaincre en m'expliquant que je serais sans doute le seul roi que les alliés accepteraient. Je me doutais qu'en disant ça, il pensait aux Aguiens.

Tendanô hocha la tête, toujours silencieux. Une main se posa sur son épaule.

— Mon cher gendre, nous devons laisser la place au combat.

Danko le fit descendre et rejoindre les siens. Daikeno et Juniki affichaient la même expression surprise que lui face à l'arrivée d'Actou. L'ancien monarque avait gardé son petit stratagème pour lui.

— J'ai l'impression d'avoir raté quelque chose à un moment donné, lui glissa sa femme.

— Moi aussi, parvint-il à articuler. Ton père est plein de surprises.

Les deux adversaires quittèrent l'estrade et se positionnèrent l'un en face de l'autre dans l'espace prévu à cet effet. Actou semblait assez confiant. Hashilo, lui, était encore désarçonné et frustré. Un lumien désigné pour servir d'arbitre s'approcha.

— Tu n'as aucun regret ? le questionna Daikeno.

— Non, aucun, déclara Tendanô.

Les opposants se mirent en garde. Un Silésien et un Lumien qui s'affrontaient pour la première fois. Deux détenteurs du Lien de la Terre.

— Que vas-tu faire maintenant ?

Une petite voix répondit à la place de Tendanô.

— On va voyager, expliqua Elina. Tu viens avec nous, oncle Daikeno ?

Daikeno prit la petite dans ses bras. Hashilo lança le premier l'assaut. Rapide et souple, Actou esquiva le coup de poing.

— Bah, écoute, si tes parents sont d'accord, peut-être que je vous accompagnerais quelques fois.

Le silésien riposta. Le lumien bloqua son pied avant que celui-ci ne frappât son estomac.

— Papa m'a dit que vous aviez vu des baleines. C'est vrai que c'est gros ? C'est vrai que ça fait beaucoup de bruit ?

Un cri de rage. Hashilo ne parvenait pas à toucher Actou.

— Ce n'est pas gros, c'est énorme ! Et elles ne font pas beaucoup de bruit. Elles chantent.

— Et c'est quoi les paroles ?

Le sol trembla. Hashilo avait décidé d'utiliser le Lien.

— Des paroles de baleines, qu'on ne comprenait pas.

Quelque chose les éblouit. Les Silésiens possédaient un pouvoir proche de celui des Ornésiens. Alors que ces derniers pouvaient transformer leur peau en roche, les Silésiens, pour se protéger, recouvraient leur corps de l'un des minéraux les plus durs qui soient : du diamant, qu'ils ne fabriquaient pas, mais qu'ils prélevaient dans la terre. Cela lui donnait une allure assez surréaliste.

— Tu crois qu'on pourra aller voir les baleines ?

— Je ne sais pas, il faut demander à tes parents. Tendanô ?

Mais Tendanô n'écoutait pas. Il savourait. Il savourait ses épaules allégées. Mais il savourait surtout la raclée que le roi silésien était en train de mettre à Hashilo. À son tour, le silésien fit usage du Lien et harcelait sans cesse son adversaire. Le lumien finit par tomber à terre, épuisé. Il leva la main.

— J'abandonne, haleta-t-il.

Actou chercha le regard de Tendanô et lui sourit. Ses cheveux partaient dans tous les sens, des gouttes de sueur perlaient sur la pellicule de diamant qui disparaissait. Les cris de joie de la foule étaient révélateurs. Il n'y avait plus aucun doute. Malgré l'étrangeté de la chose, les lumiens reconnaissaient Actou. Leurs esprits respectaient la tradition ancrée. Bientôt, Silesia et Lumpiaë ne formeraient qu'un seul et même pays.

Le début d'une nouvelle ère.

ÉPILOGUE

Mes paupières s'étaient soulevées avec difficulté. Ma vision m'avait montré une prédominance de rouge sale. La faible luminosité avait piqué mes yeux. Peut-être cela venait-il de la cendre qui recouvrait mon corps. J'en avais reconnu l'odeur pour avoir vécu avec toute ma vie.

Je la hais. Elle me renvoie l'image de la défaite. J'avais senti cette dernière peser sur mes épaules à mesure que ma conscience émergeait. J'avais tendu l'oreille. Des personnes se trouvaient autour de moi, mais le silence prédominait. Même l'écoulement lent de la lave, même les grondements des volcans ne surpassaient pas le mutisme des miens.

Que s'était-il passé ? J'avais fermé les yeux afin de me souvenir avec précision. J'avais revu les combats. Les morts. Les blessés. J'avais revu, au fil de mes pensées disparates, l'expression étrange qui avait habité le regard de nos adversaires. Ce moment fatal où tout avait basculé. Ce moment où ceux de mon peuple avaient atteint leurs limites. Déchargé toute leur frustration en une seule attaque. Notre propre demeure, notre propre refuge s'étaient retournés contre nous. Les volcans avaient cherché à nous anéantir. Cela ressemblait à une punition divine.

Je tente de me rassurer, de me convaincre que Merakos voulait la victoire de ses descendants. Notre victoire.

J'étais resté immobile, allongé sur le dos. Je ne souffrais d'aucune douleur physique. La blessure de mon cœur, elle, perdurera, sans cicatrisation possible. J'avais dégluti, ravalé mes émotions. En tant que Premier Lieutenant, je ne devais pas me laisser aller. Des gens comptaient encore sur moi pour les guider.

Premier Lieutenant. De qui ? De quoi ? Il n'y a plus de roi. Dravarae est redevenu un nom invisible sur la carte, un nom enfoui sous la cendre, perdu dans la fournaise du feu liquide. Sauf si je me bats. Si je ne peux assister à la renaissance de mon peuple, je la provoquerais.

J'avais essayé de me redresser. Une sensation froide s'était glissée sur ma nuque. Un regard en arrière m'avait montré un visage. Une jeune femme m'aidait à m'asseoir. J'avais ensuite observé autour de moi.

La plupart des survivants se trouvaient installés sur le sol, ramassés sur eux-mêmes, les yeux perdus dans le vague. Certains arpentaient les lieux d'un pas lourd, sans but précis. La couche de cendre étalée sur leur figure dévoilait les sillons creusés par leurs larmes. Parmi eux, des visages connus. J'avais regardé s'approcher l'un de mes hommes sans dire un mot.

— Vous voilà réveillé. Nous avons cru que vous resteriez prisonnier de votre inconscience.

Le timbre grave du soldat avait résonné dans la salle naturelle aux parois lisses et brillantes. Ceux qui n'avaient pas remarqué mon réveil avaient sursauté, comme sortis d'un profond sommeil. Leurs visages s'étaient éclairés. Ma simple présence suffisait à leur offrir de l'espoir.

— Que s'est-il passé ? *avais-je demandé.*

Ma voix, éteinte pendant un temps indéterminé, avait souffert du dépôt de poussière volcanique. La dravienne qui se trouvait à mes côtés m'avait tendu un pot rempli d'eau. Le liquide, chaud, possédait un arrière-goût salé. Je m'étais interrogé sur son origine, mais avait gardé ma question pour moi.

—Les volcans se sont réveillés, *avait continué l'homme qui répondait au nom de Yetel.* Nous avons… Nous avons usé de trop de puissance.

Ses paroles s'étaient achevées dans un murmure tremblant. Elles n'avaient pas osé exprimer la triste vérité. Nous nous étions trompés. La responsabilité nous incombait. Voilà ce que les yeux mauves disaient, autour de moi. J'avais invité mon subordonné à poursuivre. Je connaissais les faits énoncés.

— Nous avons fait demi-tour par réflexe, pour nous abriter dans les cavernes. Nous ne pensions pas nous retrouver piégés.

— Comment cela ? *avais-je demandé.*

— Lorsque la colère des volcans a commencé à s'apaiser, au bout de plusieurs jours, quelques-uns se sont portés volontaires pour sortir. Nous n'avons pas pu. La lave a recouvert la totalité du territoire.

— Avez-vous essayé d'utiliser votre maîtrise ?

— Oui, sans résultat. La quantité est trop importante.

Je m'étais concentré sur cette information. Dravarae se résumait donc à une mer de magma alimentée par les volcans. Je me demande si cette étendue refroidira un jour.

— Nous avons pu atteindre une sortie qui passait sous le sol.

Je m'étais redressé, tout ouïe. Mon interlocuteur avait poursuivi.

— Nous nous sommes retrouvés face à une importance fumée. Un bruit intense nous martelait les oreilles. Après un temps d'adaptation, nous avons compris que ce que nous entendions n'était rien d'autre que la rencontre entre le feu liquide et les eaux glacées de l'océan.

« Nous pensions atteindre la partie continentale de notre pays, mais les éruptions volcaniques ont modifié la typographie de Dravarae. Nous sommes revenus sur nos pas. Nous souhaitions savoir où se trouvait l'ennemi.

— Et alors ? » *avais-je demandé.*

L'expression du soldat m'avait plongé dans la prudence. Il s'était mordu la lèvre. Il avait jeté un coup d'œil à ses congénères, ceux qui paraissaient avoir effectué le repérage avec lui.

— Nous sommes retombés sur de l'eau en proie à l'assaut de la lave. Nous ne comprenions pas. Nous pensions nous être une nouvelle fois trompés. Cela nous a perturbés.

— Viens-en au fait, *avais-je grondé*, n'appréciant pas la tournure que prenait ce rapport.

— Et bien…, *avait-il hésité*.

Un autre homme s'était avancé. Il avait adressé un signe de tête à son comparse pour lui signaler qu'il le relayait.

— J'ai voulu m'approcher, malgré l'avis contraire de mes camarades. Cela m'a permis de voir au-delà de la vapeur étouffante. J'ai pu apercevoir la terre. Une bande d'eau d'une largeur d'environ cinquante kilomètres nous en sépare.

Un silence pesant s'était abattu dans l'immense caverne. Personne n'avait osé bouger, par crainte de ma réaction. J'avais continué de fixer le deuxième homme sans rien dire.

— Notre patrie s'est détachée du continent. Nous sommes coupés du monde.

J'avais détourné le regard pour me plonger dans ma réflexion. Personne ne m'avait interrompu.

— Et les ennemis ? *avais-je fini par demander.* Les avez-vous vus ? Avez-vous une idée de ce qu'il leur est arrivé ?

— Non, *avait repris le premier.* Je pense… Je pense qu'ils n'ont pas été entraînés dans la tourmente. Pas comme nous, en tout cas.

Il avait chuchoté ces derniers mots. Quelques secondes plus tard, j'avais poussé un cri rageur. Frappé le sol. Des particules volcaniques avaient volé. Je m'étais redressé, j'avais commencé à arpenter la salle, le sang en ébullition. Quelque chose, à l'écart, avait attiré mon regard. Je m'étais approché. Ma colère avait augmenté. Les survivants avaient réussi à rassembler des corps. J'en avais fixé un seul. Celui que j'avais tenu avec force dans mes bras, avant de m'évanouir.

Le cadavre se trouvait sur une pierre haute. La peau du roi de Dravarae était d'une blancheur irréelle. Je m'étais dirigé vers le défunt monarque. J'avais pris soin de respecter le repos éternel de mes dizaines d'autres congénères, allongés sur le sol. Certains portaient des blessures atroces. Des plaies mortelles identiques à celles que nous avions tant de fois infligées à nos victimes.

Je m'étais agenouillé près du souverain. J'avais collé mon front contre la roche. Elle dégageait une douce chaleur. Mais les doigts rigides posés dessus étaient glacés. Sans me retourner, j'avais su que les vivants s'approchaient. Des sanglots étaient montés, de-ci, de-là ; la plupart étaient restés stoïques.

Les mains jointes, j'avais fini par redresser la tête. Mes membres avaient tremblé, habités d'une haine nouvelle. Mes mots avaient trouvé leur écho dans le cœur de tous ceux présents.

J'avais juré que ces sales chiens paieraient. Que nous les détruirions tous.

Dravarae, An 4503, vingt-quatrième jour de Clayssamadë
Journal de Vezael, ex Premier Lieutenant, nouveau Roi.

Merci d'avoir lu ce roman.

Si celui-ci vous a plu, je vous invite à laisser un commentaire, même court. Non seulement cela me ferait très plaisir, mais vous pourriez donner envie à quelqu'un d'autre de se le procurer.

Si vous souhaitez en savoir plus sur moi et mes publications futures, rien de plus simple. Retrouvez-moi sur mon site

http://www.kohana-kimura.com

Je suis également présente sur les réseaux sociaux :

Facebook :
https://www.facebook.com/Kimura.Kohana/
https://www.facebook.com/tendano/

Twitter :
https://twitter.com/KohanaKimura

Au plaisir d'échanger avec vous.

Kohana Kimura

Imprimé sur les presses de CreateSpace
Dépôt légal : janvier 2017